『鉄の匂いがお嫌いなのですね。
でしたらご心配なさらずに』
彼女はその場で服を脱ぎ、虎の前に膝をついた。
そこまでして虎を助けたいのか。それともハヤトを信頼しているのか……。
森の王者の前にひざまずく少女。その裸のシルエットが月明かりに浮かび上がる。
……会話をしている。目を合わせ心を通じ合わせている。

ミュウ
ハヤト
ミヨ
ミナミ

ジェシカ
スー
フー

その異世界ハーレムは制約つき。

〜偽りの姫君と迷宮の聖杯、勇者の禁じられたスキル〜

index

CONTENTS

プロローグ

「勇者のギフトを持つ七番目は、始まりの街と呼ばれるセレネに出現。その後、ヴァルキリーと合流し街を出る。次の街のネフェレでは賢者が加わり、王道を通って王都に向かう予定だった。だが女神への冒瀆《ぼうとく》の容疑により拘束、決闘裁判が行われることになった。決闘裁判はエメラルドの姫君の審判のもと、コロッセオで行われた」

揺れる馬車の中、ジェシカは報告書を読み上げていた。

「結果的に七番目の勇者と賢者は赦《ゆる》しを与えられ、二人は決闘裁判後の混乱の中コロッセオから脱出。その後は北東門から街を出たことを確認。メンバーは七番目の岸勇人《きしはやと》、ヴァルキリーの横山美夜《よこやまみよ》、賢者の水波唯《みなみゆい》、ミゼットのフレイア、亜人のミュウ、妖精の六人」

「その後は？」

「彼らは初代勇者の足跡をたどっています。なので向かった先は初代勇者が三番目に訪れたとされるレアルの街でしょう。ちなみにレアル周辺の森が騒がしく、二人を調査に向かわせました。すでに街に到着している頃合いかと」

「わかりました」

金色の髪が揺れる。正面に座るのはティファだった。

エメラルドグリーンの装飾の馬車は王道を北上している。

「ただし、ネフェレの貴族は賢者をいたく気に入ったようで裏で不穏な動きがあります」

もともと水波唯——賢者の祝福者はネフェレの貴族の側室になる予定だった。

すべては決闘裁判で狂ってしまった。

「貴族による横の繫《つな》がりがあり、どの街でも横やりが入る可能性が。さらに悪評のある盗賊団まがいの傭兵《ようへい》を雇ったとの情報も」

「そういった暗部は浄化できませんか？」

「もともとこの国の南側は汚《けが》れている場所です。大規模召喚にて姫君たちが騎士を引き連れてきたときだけは平穏が訪れますが、それが過ぎればまた戻ります」

ティファは小さくため息をついて外に視線を向ける。

「初代勇者様の足跡をたどる旅は自由でいて素晴らしいこと。でも敵が多いようですね」

ティファの瞳がグリーンに光る。

「眩《まぶ》しく輝く絆《きずな》で結ばれた仲間がいるとしても、この世界の闇はとても深い。ですから旅を続けるのならば後ろ盾が必要ですよ、七番目の勇者様……」

ティファは流れる景色を目に映している。微《かす》かにハミングが聞こえた。

唇がわずかに動き、歌声が漏れていた。

＊＊＊＊

「とぅーとぅとぅとぅてってってってって〜、ふぁずひ〜、だずみ〜、ふっふ〜、たらた〜、てってってれてってって……」

水の流れる音に混じって歌声が聞こえる。

「あれも三百年前に伝えられた勇者の歌？」

『だろうね』

「懐かしい気がするけど、やっぱり色褪《いろあ》せがひどいなあ」

ハヤトは腰布一枚で樹海を流れる小川に足をつけていた。

目の前をパタパタと飛んでいるのは虫でも鳥でもない。女性の体に蝶《ちょう》の羽をつけたそれはファンタジー世界の象徴であり相棒である妖精のチキ。

「俺が先にこの水浴びポイントにいたってことを証言してくれないかな。なんか今の俺って覗《のぞ》きみたいになってるよね」

街から街への旅の途中での野営中。ハヤトは体を小川で清めていたが、その後に女の子たちが開けた場所で水浴びを始めてしまった。樹海の緑のグラデーション、清く流れる小川の白い肌……。

気分よく尻尾《しっぽ》を揺らしながら歌うミュウ、はしゃぎ声を出すフレイア、何も羽織っていないミヨの後ろ姿が木々の間から見えた。

『堂々としておきなよ、ラッキーじゃん』

「俺は仲間をそういう目で見ないようにしてる」

『じゃあなんで鷹《たか》の目スキルを使ってる？』

ハヤトはスキルを解除した。

「もうすぐ次の街なんだよ。つまり物語でたとえれば今は序章」

『確かに次の街は近いね。ほら、そこに咲いてる赤い花はその街の象徴だから』

「次の街ってどんなとこ？」

『レアル。三百年前の戦争において初代勇者と王が対面したという神聖な街であり、その意としてレアルと名づけられたという。バッファローの肉を使ったチリコンカンを初代勇者がいたく気に入り、未《いま》だに伝統料理として残っている。勇者の辞典より抜粋』

真っ赤な花を見ながら思う。映画の冒頭で銃が出てくれば最後に火を噴かねばならない。たとえばジャンルがアクションであれば主人公が走るシーンから。よって、このようなラッキースケベシーンから始まることは避けたい。

これは勇者のギフトを与えられた、この岸勇人の物語なのだから。

とはいえ問題がある。この旅の最中に処理できていない。勇者の能力は使えば使うほど気持ちが昂《たかぶ》るという制約があるというのにどうすればいい？

……こうなったらやってみるか？

自己処理できないという制約が消えている可能性はある。

そうだ自分は女神に赦された人間じゃないか。この制約も解除されているかもしれない。

「チキ、ちょっと悪い」

『おいぃぃぃぃぃ！』

チキを森の中に放り投げると、ハヤトは大きく息を吸い込む。

女子たちの嬌声《きょうせい》に身を委ねて欲求を発散してしまえと、自分のあそこに手を伸ばす……。

「……あぐっ！」

激しい激痛と吐き気に襲われ、ハヤトはその場にへたり込んだ。

流れる水と森の息吹《いぶき》を感じながら、ハヤトは自嘲気味に笑みを漏らした。

……やはり自分はこの異世界に舞い降りた勇者だった。

重い制約は強い力の代償だ。自慰行為不可という高校生男子にとって重すぎる制約。

この世界に女神は本当にいるのか？　だとしたらなんでこんな罰を与えたのか……。

「大丈夫ですか？」

はっと顔を上げるとそこには少女が立っていた。カラフルな花々で髪を彩っている彼女はフレイア。

「あの、声が聞こえまして」

布で小さな体を隠しながらこちらを覗き込んでいる。

「ちょっと、体を清めていたというか……」

「わかってます」

フレイアは微笑《ほほえ》んだ。彼女はすべて理解してくれている。

「旅や怪我《けが》の治療で力を使ったりと勇者様の代償があるのはわかっています。そのためにも私がそばにいるのですから」

女神が目の前にいた。愛と母性の象徴フレイア。

「フレイア……」

だが眩しすぎた。この異世界での生活をずっと助けてくれていたフレイア。そんな彼女を性欲処理の道具にしていいものかと考えると、爆発寸前だった欲求がしぼんでいく。

「やっぱり俺はフレイアにとっての勇者でありたい」

「お優しいのですね。やっぱりハヤト様は勇者様です」

無邪気に微笑む彼女を雑に扱うことなんてできやしない。

「それでは、私は……」

「ちょっと待って」

ハヤトはそそくさと戻ろうとするフレイアを呼び止める。

「それじゃあ問題が解決しないというか……」

このジレンマ。心と体が逆方向に走っている。

「では、どうすれば?」

木の陰に身を隠しながらフレイアが困惑している。

その光景を見て思い出した。最初にフレイアに処理してもらったときは偶然だった。

そうだ、アクシデントだったら心も体も守ることができるじゃないか。

「フレイアって水浴びをしてたんだろ?」

「そうですよ」

「じゃあさ、ここで水浴びしてくれないかな?」

「え、ん、はあ?」

花で彩られたフレイアの頭にハテナマークが点灯している。

「それを俺が偶然に覗いてしまう、っていうシチュエーションにしたい」

「……一応お話を続けてください」

「で、気づかずに水浴びに来た俺と鉢合わせになっちゃう」

「ふむふむ」

「そして驚いたフレイアが足を滑らせ、俺がそれを助けて接触するというか……」

フレイアは大きくため息をついた。当然のように呆《あき》れられてしまった。

「先ほどの感動を返してもらえませんか?」

「それほど追いつめられてるんだ。でも、フレイアを大切にしたいっていう葛藤がある」

「私が水浴びをして、それに気づかずにハヤト様が小川に入ってくる。その一連の行動はあくまで偶然ということですね」

受け入れてくれるというのか? この馬鹿げたストーリーを。

「もう、勇者様らしからぬことを……」

フレイアは顔を赤くしながら木の陰から出てくる。なんという度胸と決断力。

そしてせせらぎでハヤトに背中を向けて体を清め始める。

フレイアはミゼットという種族。体は小さいが女性らしい曲線がある。体に巻いた布が、濡《ぬ》れて肌に張りつきボディラインを浮き上がらせている。

血が下半身に流れ込むのがわかった。痛いぐらいに集まっている。

……見とれている場合じゃない。

せっかくフレイアがやってくれている。その気持ちを無駄にはできない。

腰布一枚でハヤトは小川に足を踏み入れる。これは偶然だ。たまたま遭遇してしまっただけだ。

水の冷たさなど感じない。ただ全身が熱い……。

そして縮まる距離。

足音に気づいたフレイアが振り返り、わざとらしく悲鳴を上げた。

同時にフレイアの体を隠す布がずり下がり、胸があらわになってしまった。

小ぶりだがふくらみのある胸、そしてピンク色の愛らしい突起。

「きゃっ！」

それは本当のアクシデントだったのか必死で胸を隠し、そして盛大に足を滑らせた。

「危ない」

ハヤトは反射的にフレイアを抱きしめていた。

「あ……」

抱きしめられたフレイアがうめく。

意識は深い深いグリーンの海を漂い揺らめく。周囲がぼやけ、音も消えていく。それでも目の前の少女だけは放さない。呼吸も鼓動も重なり一つになっていくこの感覚。

フレイアを抱きしめながらハヤトは限界を感じた。

痺《しび》れるような解放感と、もう少しこの快楽に身を委ねたいという二つの感情が入り混じる。

たとえ制約つきでも悪くないと思った。

この異世界は豪華なパッケージに包まれたプレゼントのようなもの。

こうして実際に開けて、味わってみないとその本質はわからない。

フレイアの心地よい抱き心地にハヤトは敗北した。

彼女に包まれる感覚、視界に閃光《せんこう》が走り全身の力が抜けていく。

その一瞬が終わり過去に消えていく……。

「困った勇者様ですね」

体を汚されながらも女神がくすっと笑う。

……そして終わりは次の冒険の始まりだ。

第一章　樹海の墓標

木々の緑と空の青のコントラスト、そして浮遊感。

『今の私は高速思考スキルを使って君に話しかけている』

明滅する光は妖精のチキだ。

「俺は何をしてたんだっけ？」

『ちょっと衝撃を受けて意識が飛んでる。でも衝撃耐性と受け身スキルを使用しているから問題ないと思う』

なんでそんなスキルを使っているんだと思ったが、記憶がぶつ切りになっている。

『危なかったね。普通は属性の違うスキルをいっぺんに使えないけど、君は勇者のギフトを持っているから並列使用できる』

浮遊から落下へ。ハヤトは地面に叩《たた》きつけられた。

『早く立って！　また攻撃してくる』

震動を感じた。正面からシルバーグレイの獣が突進してくるのが見えた。

『レアルバッファロー。レアルの森の周辺に生息するモンスター。普段は温厚だが身の危険を感じると攻撃スイッチが入る。肉は美味で三百年前の戦争ではチリコンカンに使われ、前線の兵士へと運ばれたという。勇者の辞典より』

ハヤトは転がるようにしてその突進をなんとか回避する。

足元に散らばる木片は先ほどまで盾だったものだ。バッファローの攻撃を正面から受け止めたが、あっけなく破壊され、ハヤトは人形のように吹っ飛ばされてしまった。

そうだ、今のハヤトは戦闘中だ。

そして走り、逃げる。

『受け身』と『衝撃耐性』スキルを切断し、『身体強化』と『加速』スキルをセットする。

『追ってくる、とりあえず迎撃しないと！　なんかスキルでいいやつを！』

同時にハヤトの頭の中にスキルの文字列が浮かび上がる。

今のハヤトには回避と攻撃が同時に求められている。

自分は勇者の祝福を受けた特別な存在だ。ここは派手なスキルで迎撃してみせる。

マントをひるがえし、バッファローの攻撃をかわしながら剣を振るう。『剣舞』スキルが発動した。

『剣術』と『舞踊』の二つのスキルをマスターした者だけが使えるレアスキルだ。

だが、剣はバッファローの角に当たり、ガラスのように砕け散った。

「スキルが通用しねえ！」

ハヤトは再び吹っ飛ばされる。

『剣と盾が悪いよお！　廃品同然ゴミのような武具で戦うからあ』

ハヤトは背中を向けて惨めに敗走するしかなかった。

バッファローに迫られ、これまでかと覚悟した瞬間「跳んで！」と声が響いた。

ジャンプと同時にハヤトの手が握られた。

「ミュウ！」

武器は失っても仲間がいた。ミュウがハヤトを木の上に引っ張り上げてくれる。

目標を見失ったバッファローがスピードを落とす。

同時にセーラー服が舞った。

ミヨが体を弧にしならせて跳躍し、バッファローの頭に木刀を振り下ろした。

ヴァルキリー必殺の『兜《かぶと》割り』スキルが決まった。

頭を砕かれたバッファローは蛇行して大樹に衝突し、どさっと崩れ落ちた。

「さすがミヨ！」

ミュウが歓声を上げ『いーえい』と、チキが鱗粉《りんぷん》をキラキラ散らして褒《ほ》め称《たた》えている。

「なんか俺と違わないか？」

こちらは勇者だというのに、この違いはなんなのか。

『君は言語化したスキルをいちいち出し入れする必要があるけど、勇者以外の祝福者は無意識にスキルを使えるからスムーズなのよ。勇者はデジタル的にスキルを使える器用貧乏。その他はアナログ的にスキルを使う特化型』

「勇者って思ったほど強くなくない？」

木の上で納得しかねていると、ミュウの猫耳がぴくっと動いた。

「逃げたほうがいいかも。ちょっと気配が多いから」

これはギルドの依頼だった。森が騒がしいとの調査依頼だったが、思った以上にモンスターが現れて無様な姿をさらしてしまった。

「様子を見るだけの契約だから、戻ろ。本格的な討伐は傭兵《ようへい》に任すとか言ってたしね」

ミュウがすたっと地面に着地する。

確かに様子を見るだけというカジュアルな依頼で怪我《けが》をしては採算が取れない。

「ミヨも行くぞ。その獲物の回収はあとでいい」

ハヤトも地面に飛び降りる。ここはモンスターたちのホームだ。

三人で森の外に走ると同時にチキが警告する。

『後ろ、来てる！　群れだったんだよ』

背後から地響きがした。バッファローの群れが木々をすり抜け迫ってくる。

「ハヤトもミヨも走って、森から出たほうがいい！」

「くそっ、俺の考えていた異世界はスローライフなのに」

こんな異世界生活など望んでいなかったが、今は走るしかない。

濃い緑の森を全力で疾走するといきなり視界が開けた。

黄緑の絨毯《じゅうたん》が広がる草原に出た。しかしバッファローは森から出てもまだ追ってくる。

「伏せて！」

ミュウの叫びに、ハヤトとミヨは草原に転がった。

同時にひゅんひゅんと風を切る音が聞こえた。

振り向くとバッファローに矢が突き刺さり、巨体が次々に倒れていく。

草原に展開していたのは弓を構える騎馬隊だった。

『ギルドが雇った傭兵部隊だね。よかったねえ』

重装の騎馬隊が前進し、バッファローの群れが森に退却していく。

『強くなったねえ人間も。武器の発達のおかげかねえ』

なんだかチキがしみじみとしている。

ハヤトは安全を確認してから立ち上がり、真っ青な広い空を見上げた。

自分がちっぽけに思えるということは、この異世界に馴染《なじ》んできた証拠なのかもしれない。

「ん、あれは……」

空をハトが飛び、結ばれた黄色いリボンがはためいていた。

＊

「水波唯《みなみゆい》さん、賢者のギフトを持つ召喚者で間違いないですね」

この時間帯は閑散としているギルドでのこと。

臨時のギルド員として働くミナミのカウンター越しに女性が立っている。

「ギルドではなく私個人へのご用件でしょうか？」

ミナミは帳簿を書きながら女性を観察する。

髪をポニーテールに結んだ女性。身長はそれほど高くないが無駄な肉はついていない。ラフな服装で装備からすると馬に乗ってきたようだ。おそらく別の街から流れてきた冒険者だろう。

「私はネフェレから来た冒険者」

柔和な表情だ。だがギルド員として多くの冒険者を見てきたミナミからすると隠せていない。

その危険な匂い。危ないことに身を投じてきた人間だけが醸し出すものがある。

それはどんなに笑顔で密封しようとも漏れるものだ。

「あなたにいい話があるの」

ということはミナミにとって悪い話だ。

その言葉に反応せず調査書をまとめる。森でモンスターが活性化していること、流れの傭兵隊を雇ったことなどを書き込む。この街に来てギルドで働き出して一週間も経《た》っていないが、重要な仕事を任されているのは賢者のギフトのおかげだ。

「ネフェレはあなたたちにとって思い出深い街だから覚えているでしょ？」

「それなりには。あっ、フレイア、あの書類にサインをもらってきて。黄色い表紙のやつね」

物資の整理をしていたフレイアに声をかけると、彼女はうなずき二階に上がっていく。

視線を戻すと、カウンターに赤い封蝋《ふうろう》で閉じられた手紙が置かれていた。

「ネフェレの貴族から。貴族に気に入られたわね。とても栄誉なことよ」

「そうでしょうか？」

「あの七番目の勇者と旅するよりはいいと思うわよ」

「勇者の評判が悪いことは認めますけどね」

ミナミが微笑《ほほえ》むと彼女も笑みを返した。

「そして値段もつけると。あなたに正当な金額を与えるとのこと」

「なるほど」

ミナミは手紙を手に取った。

「基本的に召喚者はすぐに王都に向かうから、この辺境では価値が高い。さらに賢者のギフトはレアで、あなたの若さと美貌もプラスされる。よってその額は——金貨千枚」

「内訳としては美貌に九百枚ぐらいでしょうかね」

「あなた、いいね。女神に赦《ゆる》されただけはある」

ミナミは彼女としばし見つめ合う。

「この中に契約サインが？　確認してきても？」

「ええ」

「額も額ですので、裏で」

ミナミは帳簿を閉じると、手紙を持ってギルドの倉庫エリアに向かう。

ちらりと振り返ると、彼女はカウンターに肘をついて周囲を眺めている。

その所作に無駄はない。まずは周囲の冒険者の観察をしている。いわゆる同業他社の確認だ。

ミナミは倉庫に入ると受け取った手紙を胸の内ポケットにしまう。そして別のポケットから書類の入った封筒を取り出し、そばにいたミゼットの少女に渡した。

「ギルドのマスターに渡しておいてくれる？」

ミゼットは器用で働き者の種族だ。短い期間だったがここでも一緒に仲良く働いた。

「いいですけど内容は？」

「引き継ぎと、退職届」

ミナミは彼女の頭をなでて倉庫の裏口に向かう。

扉を開けるとアイボリー色の街並みが広がっていた。

「ミナミさん」

ギルドの裏口で、すでに荷物をまとめたフレイアが待機していた。

「ハトは？」

「すでに飛ばしました」

ミナミはうなずくとフレイアから自分の荷物を受け取り、歩き出す。

「この住居エリアを抜けて行きましょ」

「そっちは複雑ですよ」

「道はもう覚えてる」

ミナミはフレイアを先導して迷路のような裏路地を歩く。まずは右に曲がり十歩進んで左に……と、踊りのように記憶している。

「それにしてもいきなりですね」

フレイアは背後を振り返りながらついてくる。

「ここレアルはネフェレの領地だからね、こうなるとは思ってた」

ネフェレという街での生活は思い出深いものだった。それゆえにミナミは目立ち、街の貴族に気に入られてしまった。そのアプローチを振り切るようにこの街に来たのだ。

「私へのラブコールと、七番目の勇者への復讐《ふくしゅう》」

「ハヤト様に？」

フレイアの顔に不安が広がる。

「だって決闘裁判とやらで殺すつもりが、逆に女神の赦しを受けて無罪放免、恥をかかされたようなものだからね。だからといって私たちは貴族と対立することはできない」

こんなこともあろうかと、ハヤトやミヨへの連絡手段も用意していた。黄色いリボンをつけたハトは警戒せよとのメッセージだ。落ち合う場所も決めている。

「でも逃げることはないのでは？　話し合えば解決できると思いますけど」

フレイアの無邪気な言動にミナミは笑みを漏らした。

「話し合いで恋愛が解決したケースはないのよ。愛がからんだ話し合いはもつれるばかり。まだ魔王とやらと話し合うほうが簡単」

実際に初代勇者はそれを成し遂げたという。

「それにね、私たちは逃げるんじゃないの」

歩きながらフレイアの花咲く頭を軽くなでてやる。今まで通った街の花が頭に根づいている。白い花はセレネ、ピンクはネフェレ、この街レアルの花は赤だ。

「まずはこの愛らしい花畑をもっと華やかにしたい」

フレイアが恥ずかしそうに笑った。

「そして私たちは初代勇者の足跡を追っている」

理由は元の世界に戻るため。召喚者が再び転移したケースは初代勇者だけなのだ。それゆえに転移の秘密はそこにある。

階段を上り狭い用水路を飛び越え住宅エリアを抜ける。雑然としたこの街にも馴染んできたところだが、馴染みすぎてはいけない。街に根を下ろすわけにはいかないから。

「つまり条件は整ったっていうこと」

フレイアの手を引き進むと、待ち合わせ場所の大樹が見えた。

ハトのメッセージが届き、すでにメンバーはそろっていた。

七番目の勇者とヴァルキリー、亜人のミュウに妖精のチキ。

「決して逃避じゃない」

ミナミはメンバーに手を振りフレイアに微笑みかける。

「これは私たちの旅」

＊＊

「次のルイージまでにカタコンベがあるって聞いたけどそれってなんだ、勇者の辞典？」

勇者の辞典とは初代勇者がこの異世界についてまとめた辞典のことだ。

今はエルフが主となって更新や管理を引き継いでいるという。

『ルイージ森の地下納骨所《カタコンベ》。三百年前の戦争の死者の埋葬場所である。現在は樹海に埋もれ、墓標代わりの大樹があるのみとなっている。戦争で命を落とした英雄たちの墓を暴くことは犯罪であり、立ち入りは厳禁である。勇者の辞典より』

やはりこの付近には戦争の名残がある。

「六番目さんのことだけど、彼もこのレアルの街に一か月ほど滞在してルイージに移動したみたい」

勇者というカテゴリーの能力を与えられ転移してきたのは七人だけ。ハヤトは七番目であり、約二十年前に六番目が転移してきた。そして六番目は間接的に迷惑をかけられつつも世話になった勇者ギフトを持つ先輩だ。彼も初代勇者の足跡を追っている。

『慌ただしい出発だけど、旅慣れてはきたよね』

ハヤトは街で買った中古のザックを背負っていた。フレイアが植物の繊維で編んでくれたハンモックも携帯し、マントなども含めて旅の体裁が整ったよう思える。

「あとは武器があればなあ。あんなにあっさりと壊れるとは」

『ギルドの廃品をレンタルするからだよ』

「でも、討伐もしたし仕事の責任は取ったよね」

弓を小脇にミュウが振り向く。あの依頼の報告は街のミゼットに頼んでおいた。

「そういった信用の積み重ねは重要だからね、こんな世界だからこそ」

今やミナミもこの世界に馴染んでいる。マントもおしゃれで藪《やぶ》から脚を守るために履いたニーソックスが色っぽい。機能性と可愛《かわい》さの両取りだ。

だがミヨだけは未《いま》だにセーラー服だ。言い訳程度にマントを羽織ってはいるものの、まるで通学するかのように歩いている。ハヤトも制服がベースなのであまり突っ込めないところだ。

ミュウが先導し、フレイアとミナミが真ん中、後方はハヤトとミヨといった陣形で進む。

「なあ、歩き読みするなよ、危ないから」

ミヨは街を出るときに買った新聞を読みながら歩いている。

「文字も勉強しないといけないから」

「なんか面白い記事はある？」

「森でモンスターの出現が多数確認とか」

ギルドでも話題になっていたモンスター問題。この周辺は大丈夫なのか。

「まさか魔王が動いたか？」

『だからモンスターと魔物は違うんだって。危険な生物を人間がモンスターと呼んでいるだけで魔物じゃないのよ。魔物は魔力で動く魔法生物なんだから』

「あと、これはたぶん決闘裁判の記事」

「てことは俺の戦いぶりが書かれてるのか。やばいな有名人になっちゃう」

勇者と猛牛の死闘はさぞや大ニュースだろう。

『エメラルドの剣ジェシカ、観客を魅せる。その戦いは華麗でいて優雅。突進するミノタウロスを羽根のようにかわして封じ込めた。その動きは観客の熱狂を呼び、ミノタウロスが彼女のマントに幻惑されるたびに「オーレ！」との歓声が上がった。この日の観客は本物の闘牛を観《み》たと言えよう』

新聞記事を読んだチキがちらりとこちらを見た。

確認してみると、ミノタウロスの前に立ちはだかるジェシカの絵が大きく描かれていた。

ジェシカとはエメラルドの姫君の親衛隊長だ。

「あれ？　あの死闘は俺の記憶違いかな……」

『あ、あるよ君の記事。ほら、あそこ』

チキが指さしたのは紙面の片隅だった。

「なおこの日、五十一年ぶりに決闘裁判が行われ、二人の罪人は赦しを得たものの、コロッセオの混乱に恐怖して逃走……か」

扱いがあまりに小さすぎやしないか？

『君の戦いは地味だったからねえ。対してジェシカはきらびやかな鎧《よろい》姿でミノタウロスを翻弄した。きらきら光る鏡のような盾でミノタウロスの目を封じながらね』

美女と闘牛の戦いは確かに絵になる。

『そしてミノタウロスの脚が疲れてきたときに、一撃でずばっと苦しませずに！』

花びらをマントのように振るチキを見て疑問が生じた。

「なあ、お前は俺が大変なときにのんきに観戦してたの？」

あの生死を懸けた大脱出を横目に？

『この世界に情報を伝える妖精としての仕事だからさあ。勇者の辞典の更新もあるし』

……不服だが、ここはそういうことにしておいてやろう。

「トパーズ？　ハイリア？」

そんな横でミヨはこの世界の文字の勉強中だ。

『えっとね、トパーズ隊がハイリアの街に入ったって。ほら、君たちのクラスメイトを運んでる姫君のキャラバンね』

チキが代わりに記事を読んでくれる。

「そっか、俺たちのクラスメイトはどうしてるかな」

彼らは樹海を貫くように作られた大動脈を移動し王都に向かっている。

『召喚者たちは基本的に優遇されるから安心しな。前回の大規模召喚は三十年ぐらい前だったけど、ワインを満たしたプールの馬車とか用意されたんだから』

「すげえな。委員長はこっちにいて後悔してない？」

「後悔するかは今後の君次第ね」

ミナミが振り向いてウインクする。

「それにしても、もうハイリアなのね」

「有名な街？」

『ハイリア。セリーヌ大河を挟んで北と南に分かれた大都市である。セリーヌ大河は渡し船の通行が禁止され、渡河方法は実質的にハイリア大橋のみとなっている。大橋を渡る際に厳重なチェックが行われ、別名浄化の橋とも呼ばれている。勇者の辞典より』

「ちなみにその大河を挟んで、王国の北と南って括《くく》られるらしいわ」

ミナミが補足してくれる。王都は北にあるため南に行くほど辺境となる。

「ここはまだ辺境。……あれ、道が分かれてるわね」

「まっすぐ進めばルイージよ。左の道はもっと大きな街に繋《つな》がるの」

道案内はミュウに任せて新聞記事を『言語』スキルを駆使して読む。

「……ん、エメラルドのキャラバンのことも書いてあるな」

エメラルドの姫君、ティファが体調不良でキャラバンの移動速度が落ちているとのことだ。

「勇者の俺を粗末に扱った報いを受けたな、お姫様」

『そうかねえ。お姫様の仲介がなかったらゲームオーバーだったんだよ』

だがハヤトにとっては冷酷な姫君だ。あの冷たい仮面と瞳は忘れない。

「いいや、今度会ったらあの女に大外刈りをかまして地面に転がしてやる」

『だからさあ、姫君への冒涜《ぼうとく》はいけないんだって。愚痴るにしてもラインを考えなよ』

「ラインって？」

ミヨを向くと、「冷血鉄仮面姫」とマイルドな冒涜をした。

『まあ、これぐらいなら大丈夫かなあ、いや危ないかなあ』

「ティファ、パンチラ、画像検索」

『お前はハードルをあっさりと越えすぎなんだよ！』

「……隠れて！」

いきなりミュウが身をかがめながら叫んだ。

ハヤトはミナミにタックルするように木々の中に飛び込む。他の三人の動きも素早かった。

『どうしたの？』

チキはフレイアの頭にひっついている。

「いきなり殺気を感じたの」

ミュウが木の陰で弓を構えている。

ハヤトは『魔力感知』スキルを使用する。確かに攻撃的な魔力が二つ。……人間だ。

「たぶん人間だから、チキ、ちょっと様子を見てきてくれ」

『なんで私なのよ。危ないじゃん！』

「殺す気ならもうやってるだろ。話し合える、交渉してくれ」

『はあ、そんな理由で？』

チキはため息をつきつつもパタパタと飛んでいく。

『あのー、何か用でしょうか……』

チキのことを見える人間と見えない人間がいる。魔力量の多い人間は基本的に見える。

まずはその確認だ。

「攻撃されたら森の中で戦いながら撤退するわよ。ミュウが弓で、ミヨと岸君《きしくん》が近接よ」

ミナミが冷静に指示を出す。

「怯《おび》える必要も逃げる必要もないよ」

聞き覚えのある声とともに森から出てきたのは、弓を抱えた女性騎士が二人。

「……あの双子だ」

確かエメラルド親衛隊のスーとフー。飲み会を一回しただけの間柄だ。

「なんで俺たちを狙ってた?」

ハヤトは慎重に木の陰から出て向かい合う。

赤髪と青髪の双子は、グリーン基調の迷彩装束だ。

「言葉の意味はわからなかったけど、なんだか私たちの姫君の冒涜をされた気がしたのよね」

青髪のスーが首をすくめる。確かこっちが妹だ。

「あれはこっちの世界ではポジティブな意味だぞ」

ハヤトは額の汗をぬぐう。危ない、やはり口は禍《わざわい》の元だ。

「気づかれたのは私たちのミスだった。敵意はないからどうぞお先に行ってちょうだい」

確かに殺す気だったらすでに矢を放っていただろう。

「なんでこんな場所にいたんだ?」

「答える必要は、ないわ」

赤髪のフーが首を振る。姉のほうは塩対応だ。

「とにかくさあ、お先にどうぞ。私たちは少し休憩していくからさ、ねっ」

スーは妙に焦っている。

「じゃあ、俺たちも休憩しようか」

「いや、先に行ったほうがいいって。なんていうか面倒なことになりそうだからさあ。この近辺ではモンスターの動きが活性化しているって情報もあるし、さっさと次の街に行ったほうがいいよ」

「ギルドでもモンスターの件は言われていたわね」

「そう、そうなのよ、それ！」

ミナミの言葉にスーが食いつく。

「だから、お強い騎士様たちがいらっしゃるところで休憩しましょ」

「そうだな。慌ただしく街を出てきたから何も食べてないし」

苦い顔をする二人を横目に、五人と一匹は食事の用意をする。

まずは焚火《たきび》を熾《おこ》し、パンと干し肉を温めながら数種類のハーブを用意する。

ミナミがレバーペーストなどを塗り、手際よく作ったのはシンプルなサンドイッチだ。

森の酵母を使ったパンは酸味があるが柔らかい。ハーブの一つ一つの香りは個性があり尖《とが》っているが、一緒に食べるとまろやかだ。肉の脂を使ったドレッシングがまとめてくれている。

「なんか気持ちいいな。森のトンネルって感じだ」

木々がアーチのようになって木漏れ日が揺れている。

まるで森が道を作ってくれているかのようだ。

『知能のある森は人間の移動を促している。人間ていうより情報だね』

チキがレバーペーストを両手で舐《な》めている。

「お二人も食べます？」

ミナミが気遣うが、双子は無視をしている。

「いいよほっときなよ、しょせん俺たちは王国の騎士たちに比べたら下級市民だからさ」

焚火でスープを陶器の入れ物ごと温めなおす。

「おいしいね。とっても香りがいいよ」

「はい、とっても」

ミュウとフレイアは眩《まぶ》しい笑顔を交わしながらサンドイッチを食べている。

『本当にいいの、食べなくて？　レアルの森の新鮮なハーブサンドイッチなんて、王国騎士をやってたらもう食べる機会もないかもよ』

スーの迷いを見逃さず、すばやくミナミが双子にサンドイッチを手渡す。

「借りは作りたくないから一つ買う」

財布を取り出そうとしたがそれを拒否する。

「俺たちのサンドイッチは売りものじゃない」

スーはためらいつつも受け取ると、ハヤトたちから距離を置いて木に寄りかかる。フーと分け合いサンドイッチをがっつく様子を見ると今日初めての食事だろう。

「なんであの二人がここにいるんだ？」

「森の調査のためかも」

ハヤトとミナミはひそひそと会話する。

「そのためにわざわざ徒歩でここまで？　親衛隊ってそんなに余裕があるのか？」

『序列によって数が決まってるの。たとえば最高位のルビーの姫君の親衛隊は十三人。もちろんすべて女性なのよ』

「エメラルドは七人ね」

ギルドで働くミナミは情報収集に余念がない。

「調べたところ、あの双子は入隊して浅い。だから使いに出されたのかも。親衛隊長のジェシカさんと副隊長のシェリーさんは岸君も一緒に飲んだことがあるでしょ。二人は結構王都でも有名みたい。残りのメンバーは知らないけど、たぶん影武者が一人いる」

『お姫様の影武者はどの親衛隊も基本的に入れておくらしいもんね』

「じゃあ俺の見たエメラルドの姫君も影だったのかな」

『さすがに本物だったよ。私って妖精だからオーラでわかっちゃう』

いい印象のなかった姫君だが、あのグリーンの瞳の輝きは覚えている。

「ねえ」

スーが近寄ってきたので、ハヤトは会話を止めてスープをかき混ぜる。

「残念だけどこのスープの完成はまだなんだ。食べたいだろうけど我慢してくれ」

陶器の壺《つぼ》からはスパイスやハーブを凝縮した匂いが漂っている。

「それってチリコンカン？」

「そう。俺たちが今までの旅で集めた素材で作ったチリコンカン。それは肉汁のビンテージワインと称される。戦争時にはレアルの街で作られ前線に運ばれた。そして勇者も王も口にしたという由緒あるスープである。スパイスの配合はその家によって違うが、レアルのチリコンカンはレアルバッファローの肉を使うのが正しいレシピである。俺の調べより」

「相手をしてはいけません。ずっとこんな感じでかき混ぜてるんです」

ミナミが冷たいことを言い、ミヨたちもうなずく。

「うん、なんか気持ち悪い」「私辛いの苦手」『肉汁オタク』「買ったほうが安かったんですが」

女子たちにはこの男の料理を理解できないのだ。

「その陶器、直火《じかび》だと割れちゃわない？」

興味を引いたのかスーが陶器の入れ物を指さす。

「そこは俺のスキルで温度管理してるんだ。こうして熱して冷ましてを繰り返して味をなじませる」

チリコンカンが入っている陶器はもともとワインの入れ物だった。本来は使い切りで捨ててしまうものだが、こうして鍋の代わりに大切に使っていた。

『それを三日ぐらい続けてるのよ』

「それは面倒だねえ」

『ブツブツ言いながらかき混ぜてるの』

「無駄すぎるこだわりだわ」

チリコンカンのおかげで、双子との距離が縮まっている。

「もともと携行食なのよ」「チリを入れすぎて目が痛いの」「期待値だけが高まってます」「前から無駄なことにこだわる人」『チリ狂』「男は馬鹿だねえ」「肉汁への異端崇拝者」

ハヤト以外がまとまっている。

と、双子の顔色がすっと青くなった。

「この慣れあいはなんだ？」

……その声。

振り向くと三叉路《さんさろ》のもう一本の道に人影があった。

二人の女性。一人は銀髪の騎士ジェシカ。栄えあるエメラルドの親衛隊長だ。

その横には緑のフードを被《かぶ》った女性の姿があった。

親衛隊長がいるということは、隣にいるのは、まさか……。

『もしかして、お姫様だったりい？』

チキが無防備に飛んでいき、女性がフードを取った。さらりと流れる金髪、そしてグリーンの瞳。

「本当にお姫様がここに？」

驚くミナミにハヤトは首を振る。

「違うな。俺は間近で見たことあるけど、まず金髪のきらめきが違う。そして瞳のグリーンはもっと輝くグリーンだ」

　そのハヤトの言葉を聞いたフードの彼女は微笑んだ。

「それにあの姫様の愛想がいいわけないじゃん」

『ああそっか、じゃあ影武者の人なのかもね』

　ハヤトとチキのひそひそ話に、微笑みが一瞬にして消えた。

『それで、なんでジェシカがここにいるの？　こんな辺境にさあ』

　騎士相手の潤滑剤チキ。妖精は騎士にとって幸運のマスコットなのだ。

「ちょっと用があってね」

『新聞で見たけど、お姫様が体調不良だってね。そばにいなくて平気なの？』

「副隊長のシェリーがいる。彼女は一番強いからね」

　やはりチキには優しいジェシカだ。

「それでだ……」

　ジェシカが鋭い視線をこちらに向けた。

「待てよ、森はみんなのものだぞ。ここが整備された王道だったら俺たちもそれなりの態度をとるけど、ここは自由なグリーンの森の中だ。命令は受けない、俺たちは誰の傘下にも入ってない」

「そうか。だったら先に行け」

　相変わらずハヤトには厳しい。

「先に行けってなんで？　あんたたちもルイージに用があるのか？」

『あ、そうか。お姫様が休んでいる間にカタコンベに行くんだね』

「お姫様がお祈りを？　だけどその子、影武者だよな」

「口を慎め。真か影かを詮索はしてはならない」

『色々なイベントに顔を出さなきゃだからね。出席者が影でもそれを口にしちゃいけないっていう暗黙の了解があるんだよ』

「なるほどね。そういうことなら先に行きなよ」

「お前たちが先に行け。背後を歩かれるのは好きじゃない」

「あのう……」

か細い声を出したのは影武者だ。

「私たちはカタコンベを通りルイージの街に出て、それから西に向かい本隊と合流する予定です。ですからルイージまでご一緒しませんか？」

その意見にジェシカは顔をしかめる。

「それは困ります。エメラルドが汚《けが》されてしまいます」

ジェシカは影武者にも敬語だ。姫君と対等に扱うことにしているのだろう。

「森が騒がしいと聞きました。エメラルドの親衛隊に、勇者と賢者とヴァルキリーが加わればさらに盤石だと思いますが」

スーとフーも顔を見合わせている。

「……わかりました。下手に動かれるよりも監視下に置いたほうがいいでしょう」

ジェシカが苦い顔でうなずく。

「監視下って言い方、なによ、ね」

ミュウがべっと舌を出した。

「では、ルイージまでの同行を許そう。その代わり私の指示に従ってもらいたい」

「わかりました。親衛隊に守られながら街まで行けるとは幸運です」

立ち上がったミナミが自然に頭を下げた。

さすが委員長。学校でも教師と生徒の間に立ち、双方の不満を解消していた人間だ。問題を起こしたハヤトも彼女にはよく助けられたものだ。

「スーとフーが先行する。お前たちは次だ。そして私と姫君が最後尾を」

ジェシカがさっそく指示を出す。

「強く命令するなよ。俺たちは服従する気はないぞ」

「命令ではない、これは制御《コントロール》だ」

ジェシカのまとう雰囲気にたじろいでしまった。さすがエメラルド親衛隊長。

「了解しました」

ここは切り替えよう。尖った性格と可愛らしい容姿のギャップをポジティブに受け取るしかない。

ハヤトはチリコンカンの壺を丁寧にしまい準備を整える。

そのままジェシカの指示した陣形で森を進んでいく。

前方の双子の動きは軽やかだ。ときおり森に潜ったりと周囲を警戒しつつ進んでいる。

先導されての歩きはのんびり散歩気分だった。

「フレイア、ほら欲しがってた裁縫道具。街でぎりぎり買えたんだ」

裁縫道具は器用なフレイアが持つのにふさわしい。

「あ、うれしいです。ミヨさんの制服もほつれてきましたからね」

「こいつ、雑にセーラー服を扱うからな」

「うるさいな、それよりあのスキルをやって。採取しながら行くから」

「無理だって、ジェシカ隊長に怒られるよ。なあチキ？」

……フレイアの頭にチキがいない。

『これレアルの花だよ。育ったから一つあげるね。欲しいひとー』

チキはフランクにジェシカと影武者に話しかけていた。

「では、私がいただきます。レアルの花はルビー色と聞きましたが本当なのですね」

影武者がウザい妖精に丁寧に対応している。本物の姫と違って性格はいいようだ。

『あと新聞見たよ。ジェシカ隊長かっこよかったって書いてあったよ』

親衛隊に媚《こ》びを売っている。あっちのチームに入るつもりか。

しばらくしてチキは小さな飴《あめ》を抱えてフレイアの頭に戻ってきた。

『いやあ、やっぱり必要なのってムードメーカーだよね』

「飴で厄介払いされたやつが言うな」

チキはぺろぺろと飴を舐めてご満悦だ。

それにしても遅い。先頭の双子はちらちらと振り返っているがどうにもならない。ジェシカが速度を上げる様子がないので、ハヤトたちも勝手に動けない。

『影武者さん疲れてたよ。荷物も持ってないのにねえ』

「話に聞くところほとんどの姫君は影武者を抱えていて、軽いイベントはすべて影武者にやらせるらしいの。礼法や座学ばかりで体を鍛える暇はないのかもね」

「それにしては委員長は意外に体力あるよね」

「私は一応ラクロス部所属だから」

そんなおしゃれなスポーツが学校にあったのか？

「部員が足りずに基礎トレーニングばっかりだったけどね。そういえば、たまの練習試合にミヨが助《すけ》っ人《と》に来てくれてたわよ」

思わずミヨを振り返る。こいつはそんなに運動神経よかったのか？

「『助っ人のミヨ』って呼ばれるほど。きっと誰かさんと帰宅時間を合わせたくて、いろんな部活に参加してたんじゃないかなあと推測してる」

「ねえミナミ、黙って」

ミヨが睨《にら》むがミナミは動じない。

「こんな怖い子にまで頼って部活を続けたのは将来の目的のため。プロポーションを維持して……」

「旅のゴールは港区のタワマンでしょ」

「そうよ、港区は私の座席を一つ空けて待っててくれる」

楽しく歩いているが太陽が傾いてきている。

「速度を上げなくていいのかな。夜営ポイントは近くにあるのか？」

「上げなきゃ間に合わない」

びくっと横を向くと、いつの間にかスーが木の陰にいた。

「私たちが速度を上げるからついてきて。ジェシカ隊長に何か言われても無視していいからさ」

「でもさあ、影武者さんが疲れてるみたいだぞ」

「それでも親衛隊じゃん。甘やかす必要はないと思うのよね」

そう言うとスーはフーのもとに戻っていく。

仕方なくハヤトたちは速度を上げる。

背後からジェシカの声が聞こえたが、チキを放り投げ言い訳してもらう。

夜営ポイントに必要なものは大樹と小川だ。それらがあるとないとではずいぶん違う。

振り返るともつれそうな足取りで影武者が必死についてくるのが見えた。

「さすがに影でも体力つけないとな」

影武者に同情しながらも進み、日が暮れる前に夜営ポイントに到着することができた。

＊＊＊

夜営の準備はもう慣れたものだった。

レアルで買ったタープとフレイア作のハンモックを張って寝床の準備をする。

あとは焚火を熾し、夕食のスープを煮込みながらそれぞれの時間だ。

ミュウは矢じりを研ぎ、フレイアはさっそく裁縫をしている。

ミナミは日記らしきものを書き、ミヨは先ほど小川で捕まえた魚を遠火でじっくり焼いていた。

ハヤトはぼんやりと火を眺めつつも、大樹の反対側に目をやる。

てきぱきと夜営の準備をする双子、周囲を調べているジェシカ、そしてぐったりと疲労しへたり込んでいる影武者の姿があった。

ジェシカが警戒のためか森の中に入っていったとき、スーが影武者に話しかけた。

「あのですねえ、先輩にこう言うのもなんですけどぉ、基礎体力がないといざというときにティファ様を守れないと思うんですけど」

「……そのとおりです」

「足も頭もスローなの？」

赤髪のフーは口が悪い。

「では、とりあえずお料理の準備を……」

「私たちがやるからいいっすよ。ジェシカ隊長にも一応姫君と同じように扱えって言われてますから。だから余計なことしなくていいです」

雰囲気が悪い。双子は新入りなので影武者と直《じか》に話すのも初めてなのだろう。

『まあ険悪さはともかく、親衛隊が四人もいれば安心だよね』

フレイアの頭の花の世話をしながらチキが言う。

このままお互い干渉せずに次の街まで行ければベストだ。エメラルドの軍門に下る気はない。どうせ下るにしても、もっと優しく愛想のいいお姫様がいい。

ハヤトは特にやることもなく、双子が読み捨てていた新聞を焚火の前で広げた。

「しっかし情報伝達が早いね」

『ハトを飛ばしてるからね。品種改良したハトで南ハトと北ハトがいるの。南側の街に情報を伝えるには南ハトに手紙を巻いて飛ばす。まあ、どこの街に行くかは運任せのところがあるから、いっぺんに何羽も飛ばしてる』

「なるほどねえ」

ぼんやりと新聞を眺める。スキルを使わずとも少しずつ読めるようになってきた。

「えっと、らびゅ、りんとす?」

『もう、ほら』

チキがハヤトの肩に座って文字を教えてくれる。

『この単語が迷宮《ラビュリントス》だね。未だに迷宮の聖杯は見つからず。エルフが高額での買い取りを公言してるって。この世界の文章は漢字みたいな表意文字じゃなくて、なんとなくのノリで読まないといけないからね。ほら、一応これが君の世界の助詞的な文字で……』

「なるほど、解釈が重要なんだな」

ハヤトは街で買った鉛筆を取り出してマークをつける。

「エルフと初代勇者が酒を酌み交わしたカップにそれほどの価値があるとはねえ」

ハヤトが勉強する姿に、フレイアが裁縫をしながらくすっと笑う。

『その聖杯があるのは次の街の近くの迷宮。冒険者が集まればそれだけ経済が動くからね。迷宮探索の道具や食料を売ったり、迷宮内で得た宝物を買い取ったりって。だから次の街ルイージはこうして「まだ聖杯は見つかってないよ」ってアピールとしてハトを飛ばしてるわけ』

確かに決まった文法があるというより音楽的だ。発音に沿った表音文字がベースで覚えやすい。多種族に意味が通じるよう作ったためだろう。

「その後ろの単語は？」

チキが新聞の前でホバリングしながらその単語を指さしてくれる。

『この形式はねえ固有名詞に使われてほぼローマ字に……きゃあああああ！』

そんなチキが悲鳴を上げて跳び上がった。

『こ、こいつう！　私がわざわざ文字を指さして教えてやってたらあ、無防備なお尻を鉛筆の先で突っつきましたあ。神聖な妖精にいたずらしたんですう』

チキがミナミやミヨに被害者アピールをしている。

「ちょっと間違っただけだって」

『間違うわけないだろ？　ちょうどエロいタッチでつんって触れやがって』

「そりゃ目の前でお尻が揺れてたらさあ……」

『はいきた、自白いただきました！』

「待て、ちょっと待とう」

ミヨが木刀を持って立ち上がったので、必死になだめる。

だがミヨの視線はマジだった。全身からあふれ出る殺気とぎらつく眼光。

「準備して！」

次に気づいたのはミュウだった。あの双子もすでに臨戦態勢に入っていた。

ここで『魔力感知』スキルを使い、ハヤトは自分が油断していたことに気づいた。

真っ暗な樹海の中に何かがいる、それも大量に。

「ミヨは委員長、ミュウはフレイアを守って！　絶対に離れるな！」

ハヤトは『身体強化』『魔力感知』『夜の目』のスキルを用意して身構える。

「何か来るぞ！」

ハヤトの声に双子を含めて皆が身構える。

こちらに接近する足音と乱れた呼吸。茂みの中から走り出たのは……ジェシカだった。

「隊長！」

スーがよろけるジェシカに駆け寄る。

「退却の準備を……」

「血が！」

スーが赤く染まったジェシカのわき腹に気づいた。

同時だった。漆黒の森にぎらつく大量の眼光。

「それより、守れ！」

ジェシカの叫びは怪我のためか弱々しい。

「魔物か？」

荷物を担ぎ、逃げる用意をする。

『あれは狼《おおかみ》！　森で暮らす狼を森狼《しんろう》と呼ぶ。成体の体重は約三十キロ前後。群れで狩りをしミノタウロスやカーゴ鳥を襲うことが多い。特徴的なのは俊敏さと群れの連係の良さ。基本的には人間は襲わない。勇者の事典より！』

「木の上に！」

ミュウが大樹を駆けのぼり、まずはフレイアを引っ張り上げる。

「委員長も！」

ハヤトが叫んだ瞬間に、茂みから狼が飛び出した。

抜刀する双子、木刀を構えるミヨ、ミナミを引っ張り上げるミュウ。

それぞれが自らの役割をこなす中で、場を乱す行動を取った者が一人いた。

集団から外れてしまったのはティファの影武者だ。

「フォローを」

「いいから動かないでください」

動揺するジェシカを強引に座らせ、抜刀した双子が守っている。

そして狼の群れとの接触。

宙を舞ったのは狼だった。ミヨの木刀のスイングで狼が吹っ飛ばされる。双子の細身の剣は的確に狼の急所を狙った。そしてハヤトは走り出していた。

「木の近くに！」

影武者を追っていた。ここで孤立すれば狼の格好の獲物だ。

攻撃された狼は、すでにハヤトたちを敵と認識している。

陣形を立て直し、まず集団から離れた獲物に照準を合わせた。

『勢いだけで行くなよお！　武器すらないのに！』

チキに罵倒されながらも影武者に向かって走る。武器ならある。

「ティファ様！」

……の影武者に向かって叫ぶと、彼女はやっと状況を呑《の》み込んだようだ。

「動かないで！」

すでに彼女の背後には狼が迫っている。

『身体強化』スキルの影響か、ぎりぎりハヤトのほうが早く彼女を抱きしめた。

「え？」

そして彼女の腰の剣を抜刀。『夜の目』をキャンセルして『剣術』スキルをセット。

ギャン！　と吠《ほ》え声《ごえ》を上げて狼が退く。振るった剣が狼の鼻先をかすめた。

『囲まれちゃう、気をつけて！』

柄《つか》にエメラルドが光る剣を握り状況確認をする。

双子は負傷したジェシカを守ることを選択した。ミナミの避難は完了し、その木の下でミヨが守っている。こちらを見たが、助けの必要はないとの視線を返す。

「あの、ちょっと……」

影武者が抗《あらが》うが放さない。乱れた行動を取られたら狼の餌食だ。

それにしてもこの子はなんだ？　これでも親衛隊か？

やはりティファの影武者なので、剣術よりも礼法やダンスの練習ばかりだったのか？

狼は統率を取り戻している。適度な距離を取り、茂みに隠れながら攻撃の機会をうかがっていた。この状況では相手の数すらもわからない。

前方から吠え声が響くが、ハヤトは背後からの奇襲を探知していた。

『身体強化』をキャンセルしての『高速思考』スキル。思考と情報が整理されて周囲の風景がスローで流れる。突進してきた狼の狙いは影武者だった。ハヤトは彼女の手を引っ張ってその攻撃を回避する。だが、影武者の乱れた動きが邪魔で攻撃に移れない。

狼がじりじりと距離をつめて威嚇してくる。このままでは二人は集団から引き離され孤立する。

目の前の彼女を抱きかかえながら、周囲に剣先を向けてけん制する。

まるで樹海でのダンスだ。観客は殺意を持った狼の群れ。

『あっ、いいのがある！』

チキが何か閃《ひらめ》いたらしく、身振り手振りであるスキルを伝えてくれる。

……そうかこのまま踊ればいい。

『剣術』スキルをキャンセルして『剣舞』スキルをセットした。

ハヤトは彼女の手を取り、そしてくるりと回転しながら剣を振る。

ソードダンスと呼ばれる『剣舞』スキル。

さらに回転をあげて囲む狼を剣で威嚇する。ひらりと舞うマントが目くらましになり、狼たちは攻撃できない。

「踊れるんだね」

「は、はい。必須ですから」

影武者の彼女もやっと落ち着きを取り戻したようだ。

そしてさらにテンポを上げる。軽やかにステップを踏んで守りと攻撃を同時に行う。背後から突っ込んできた狼の攻撃は、彼女をくるりとターンさせて回避する。

彼女の動きがよくなり、ハヤトのほうが逆にリードしてもらっている。

「お上手ですね」

二人は呼吸を合わせて樹海で踊った。周囲の景色が流れていき、目の前の彼女の瞳が緑にきらめく。こんな状態で彼女は笑っていた。

『まずいよ』

警告をしたのはチキだった。ハヤトもすぐに気づく。

いつの間にか孤立していた。ミュウたちの姿はどこにもなく、暗い森で狼たちに囲まれていた。

狼たちは無駄に攻撃せずに二人を集団から引き離したのだ。気分よく踊らせてくれたのは狼たちの罠《わな》だった。

リズムが乱れた。彼女の恐怖が踊りのノイズとなった。

あまりにも狼の数が多い。もともと『剣舞』は一人で戦うスキルだ。

彼女が木の根に足を取られ踊りが寸断された。それは狼の攻撃の嚆矢《こうし》となった。

『なんとかして！』

スキルを探す。この状況で目の前の彼女を守りながら戦えるスキルは……。

ハヤトは『剣舞』スキルの上位に位置する『クラッシュダンス』に切り替えた。

リズムを立て直し、さらに踊りのテンポを加速させる。

「え、え、えー！」

ハヤトは影武者をぶん回すように回転する。その勢いで距離をつめていた狼がどんどん吹っ飛ばされていく。さすがレアスキル。

狼たちが退却を始める。リスクを冒してまで襲う獲物だと判断されなかったようだ。

『ほらね、そんなに交戦的じゃないんだって』

チキが頭上で一緒にくるくる踊っている。

「お前の勇者の辞典も当てにならないからなあ。やっぱアップデートしなよ」

「こんなのダンスじゃありませ――ああっ！」

ダンスパートナーの表情が凍りついた。

『ハヤト、危ない！』

チキの叫びと同時に茂みから姿を現したのは、巨大な何かだった。

『うわあああ、ムーンベアーだよ。額に月の模様があるからそう呼ばれている。主食は果物であり攻撃性はない。ちなみにその肉はとても美味とされ戦争時にも重宝された。勇者の辞典より！』

「攻撃的すぎる！　勇者の辞典しっかりしろ！」

熊が一直線に突進してくる。

「あぁっ」

彼女の悲鳴が聞こえた。お互いの呼吸がズレ、ダンスのリズムが乱れた。

フラットスピン状態に陥り二人の手が離れる。そして突進する熊……。

＊＊＊＊

夜の樹海は霧に覆われている。

まるで雲の中を歩いているかのような不思議な感覚だ。

「なあチキ、とっても幻想的だね。夢の中にいるみたい」

『君のそんな前向きなところがあんまり好きじゃないってミナミが言ってたよ』

ハヤトは小川の中を歩いて森を進んでいた。

チキが言うには、水の中を進めば匂いが消えて狼の追跡を振り切れるとのことだ。

「なあ、大丈夫？」

振り返ると、ぐったりとした影武者ティファが続いている。

先ほど転んだので全身がずぶ濡《ぬ》れだ。双子の言葉ではないが親衛隊にしてはちょっとトロい。

「あの、こちらでよろしいのでしょうか？」

息を乱す彼女は心配げだ。

「ジェシカ……隊長もお怪我をされてましたし」

「はぐれたらカタコンベで落ち合おうって決めてたんだ」

下手に戻って熊や狼と遭遇するよりも進んだほうがいい。

『うん、それに賢者ギフト持ちのミナミもいるし、ジェシカの治療は大丈夫だよきっと』

あのムーンベアーの乱入により完全にチームからはぐれてしまった。

いつの間にか方角がわからなくなり、川づたいに逃げているうちに霧が発生してしまった。

「それより、ほら返すよ」

ハヤトは剣を彼女に差し出す。

「あなたが持っていてください。私は剣術が苦手なので」

『けっこういい素材だね。合金で軽く丈夫に作っている感じ。君の世界でいうならばチタン的な』

ショートソードより少し長くシルエットがいい。派手ではないが柄にエメラルドがはめ込まれている。そして思ったよりも軽い。

「鞘《さや》もどうぞ」

革の鞘を受け取り腰に差す。やっと冒険者らしくなった気がする。

「じゃあ、合流するまで預かっておくよ」

『魔力感知』を使って広範囲を警戒しているが、狼や熊の気配は感じられない。とりあえず安全圏に逃げられたようだ。

「それにしても勇者の辞典はいい加減だよな。何が人間に危害を加えないだよ」

『でもさ、なんかおかしくなかった？　狼も狩りをするならもっと慎重にやるっていうか』

「もしかしたら熊から狼が逃げてたのかもしれません」

影武者は寒そうだ。早く安全な場所で火を熾さねばならない。

『それはないよ。だって熊より狼の群れのほうが強いんだから』

そのとき夜の森に甲高い音が鳴り響いた。

「親衛隊の鏑矢《かぶらや》です。どうやらあちらは無事らしいです」

ミナミたちの無事を知りハヤトは安堵《あんど》した。

「じゃあ、ここで休憩しよう。まず濡れた服を乾かしたほうがいい」

ハヤトは小川から出て大樹の陰で火を熾す。

火打石での火つけも慣れたものだ。しばらくすると焚火ができた。

「申しわけありません、お世話をかけまして」

彼女にマントを貸してやり目を逸《そ》らす。しばらくして視線を戻すと、彼女はハヤトのインナーにマントを羽織っただけの姿で膝を抱えていた。

……意識してはいけない。

姫君の影武者だ。変なことをしたら親衛隊に処罰を受けることになる。

「それよりさ、こっちの安全はどう伝えようか」

鏑矢の音はかなり遠くからだった。合流するために夜の樹海をむやみに歩くことは避けたい。

「信号弾を持たされています。ただこの距離で音が届くかどうか」

彼女がポーチから取り出したのは爆竹のようなものだ。

「確かにここで鳴らしてもなあ」

森の木々に音が吸収されるだけだ。矢につけて空に放ちたいが弓矢はない。

『……やっぱ遠いねえ。合流は朝になってからだね』

鏑矢の放たれた場所を確認したチキがちょうど戻ってきた。

「なあチキ。ちょっとメールを返信するノリで合図を送りたいんだけど、これを持って空に飛んでくれないかな？」

「あの、さすがにそれは危な……」

「ちょっとだけ音がするらしいから、寸前で投げてくれればいい」

ハヤトは影武者の声を遮って続ける。

「ロケット方式にしよう。俺がチキを空に向かって投げるから、チキはその勢いで飛んで、そして寸前で離脱する。チキにしかできないことなんだ。……あと親衛隊に恩を売っておけばまた酒をおごってくれるぞ」

『うーん、なんかこれさ、けっこうヤバそうじゃない？』

「委員長たちもチキのこと心配してるから安心させないと。時間がないから行くぞ」

ハヤトは信号弾の導火線に火をつけチキに抱えさせる。そして『投擲《とうてき》』と『身体強化』と『スライダー』スキルをセット。そのままチキごと夜空めがけて力いっぱい放り投げる。

『ひゃああああああ！』

チキが上空に舞い上がる。

「適当なところで離脱しろ！」

ドーンと夜空に音が鳴り響きカラフルな光が散った。

「……へえ、綺麗《きれい》だな。花火みたいな構造なんだね」

「はい。私も使うのは初めてです」

二人はしばし夜空を見上げた。

「こっちの世界にも火薬はあるのか」

『……火薬。それはこちらの世界では作ることができない。化学構造式に魔力という要素の介入があるからである。よって銃器も爆弾も存在しない。勇者の辞典より』

ヘロヘロとチキが墜落してきたので受け止めてやった。

「じゃあ、あれは魔法で作った音と光なんだな」

『お前さ、本当にいい加減にしろよ。夜空にスライダー投げる必要はあったのか？』

「申しわけありません。女神様の創造物の妖精さんに対して不敬なことをしました」

必死で謝る影武者にチキは仕方なさそうにため息をつく。

『まあ、これも翼を持つ高貴な存在の役目だけど』

高貴な存在がコントの爆発オチのように真っ黒になっている。

そのとき、再び鏑矢の音が響いた。こっちの音と光を受け取ったようだ。

「この音は問題なしとのことです。つまり向こうにも被害はなく予定どおりの行動を、と」

「落ち合う場所はカタコンベだね。夜が明けて方角がわかれば大丈夫」

二人は再び焚火の前に座る。

「その怪我、さっき転んだときの？」

彼女の膝が血で滲《にじ》んでいた。だが治療用具は持っていない。

「チキの鱗粉を使おうか？　回復効果あるんだろ？」

『さっきので焦げたよ。自分でスキルを使ってあげれば？　ヒールで血ぐらい止められるでしょ』

「そんな魔法を俺が使えるのか？」

『基本的に外部への干渉は魔力を多く浪費する。たとえばファイヤーボールを空間に飛ばすとかね。でも、触れた面への干渉ならそれほどじゃないよ。だから触っちゃいなよ』

不貞腐《ふてくさ》れたチキの横で、影武者の彼女が冷たい瞳を向けた。

「エッチなこと考えてますか？」

ハヤトは首を振る。

「では、お願いいたします」

彼女の許可が出たので素足にそっと手を触れる。『ヒール』スキルの使用。ヒールも細かく分類すればいくつもあるが、この血を止められるものを選択する。

「…………」

彼女はマントで身を隠すようにして視線を逸らしている。

すっと魔力が失われる感覚とともに彼女の膝の血が止まった。

『君の熟練度が足りないから、しばらく傷が残るかもねえ。あーあ』

「いえ、ありがとうございました」

焚火の爆《は》ぜる音が響き沈黙が流れる。暗く深い樹海の中での小さな焚火はとても心細い。だが、ここで怯えていては目の前の女の子も動揺してしまう。

荷物を確認しながらあるものに気づいた。こんなときこそこれだ。

ハヤトは焚火から炭を取り出し、その上に金属パレットを載せて小さな木片を置いた。

しばらくすると香りが漂ってくる。甘さの中にスパイシーさが混ざっている。

「沈香《じんこう》ですね。物がいいです」

「わかるのかい？　実は俺は王室香道師範、ナイル先生の弟子なんだ」

ハヤトはナイルのことを思い出す。ネフェレの街で出会った香道の師範。この金属パレットは彼女の弟子であることの証《あかし》だ。香りを楽しみなさいという先生の言葉は守っている。

「存じています。ナイル・スティシア様が久しぶりに弟子を取ったとの話は有名です」

優しい香りに雰囲気も緩和された気がする。

やはりどんなときでも心の余裕が必要なのだ。

「きっと私は、今日のことをこの香りとともに思い出すことでしょう」

目が合った。その瞳には綺羅星《きらぼし》が映り、輝きに取り込まれそうだ。

「それよりさ、信号弾が濡れてなくてよかったね」

ハヤトは話を逸らした。

「大切なものはこのポーチに入れてます」

彼女が革製のポーチを指さす。

「いいポーチだね。水から信号弾を守ってくれた」

「それではありません。実は……」

彼女は意を決したようにポーチを開け、緑の塊を取り出した。

「それって……」

そのエメラルドの原石に見覚えがあった。

ハヤトがアナコンダと戦った末に手に入れ、その後とある女の子の手に渡った石だ。

「あっ！」

ハヤトとチキの声が重なった。

「隠していましたが私は……」

「言わなくていい。すべて繋がった」

「やはり気づきますよね」

「お花売りをやりながら街の情報収集などをやってたんだね、テアちゃん」

『早く言ってよお、テア！』

チキがテアの回りを飛び回っている。

「そっかあ、ネフェレでは変装して活動してたんだね」

『うんうん、なんか見覚えがあると思ったよ。私は妖精だからわかっちゃう』

「今ごろかよ。オーラでわかるんじゃなかったのか？」

彼女は花売りの少女のテア。ネフェレの街で世話になった女の子だ。

ハヤトのマントやポーチなどは彼女が選んでくれたものだ。

『テアはエメラルドの親衛隊でいて影武者だったんだねえ』

「ちゃんとお別れを言えなくて後悔してたんだ」

ハヤトは複雑な表情のテアの手を握る。

「ん、どうしたの、あっ、ごめん」

テアはほとんど半裸だった。それに気づいたテアもマントで身を隠す。

「いえ、覚えていていただき光栄です」

何故《なぜ》だかテアが深いため息をついた。

「俺って実は人見知りだからさあ、告白してくれて助かったよ」

「さらに告白するなら……」

「あっ、そろそろいいかも。まずは食べよう。俺のとっておきなんだ」

ハヤトはテアの言葉を遮り、焚火に手を伸ばす。

直火で携行食料を温めていたのだ。

「冷えた体にいいと思うよ」

葉っぱで作った皿に温まったチリコンカンをよそう。

「伝統のチリコンカンを食べてみよう。俺も楽しみにしてたんだ」

即席で作った木のスプーンをテアに渡すと、彼女は困惑しながらもそれをひと口……。

「あっ、おいしい」

テアの顔に笑顔が戻った。

「このチリコンカンの制作者も喜んでいるよ、きっと」

『お前だろ』

ハヤトもスプーンで茶褐色のどろりとした肉汁を口に運ぶ。まずはスパイスの香り、そして肉のうまみ、最後にチリの辛みがやってくる。時間をおいたことで味がなじんでおり、まさに肉と香辛料のハーモニー。舌がピリピリと痛むがその刺激がとても心地いい。

『いやー、これは間違いないね。辛さがくせになるよ』

チキの機嫌も直っている。やはりこういうときは食事に限る。

チリのおかげか冷えた体も温まってきた。

「……ふふ、まあいいでしょう」

テアは意味ありげにつぶやき、微笑んだ。

その後、二人と一匹は焚火を囲んでネフェレでの話題に花を咲かせた。

「テアにも見せたかったよ、俺と猛牛の激闘を。ひらりと突進をかわして一撃で」

「はい、観ていました。心から心配しながら」

「そっか、親衛隊だもんね。一撃っていうのはちょっと大げさに言っちゃった」

とにかく残酷な結末を望んだティファの横で、テアは心を痛めていてくれたようだ。

『お姫様もミノタウロスを出してくるかーって思ったよね』

「なー、そこまで恨まれていたとはなあ」

会話する横でテアがうなだれている。

「ごめん。君の上司の悪口を言うつもりはなかった。見張りは俺がするからテアは休んで」

疲れているだろうテアに気を遣った。今日は色々なことが起こりすぎた。

ハヤトのようなギフトのないテアには、心身ともに相当な負担がかかったことだろう。

「……また霧が濃くなってきましたね」

それは森の木々の呼吸だ。目の前でめらめらと燃える火すらもぼやける。

「……ん？」

『どした？』

「なんだか『魔力感知』がブレた。使いすぎたかな」

霧と緑の月明かりが幻想的な風景を作り出し、さらに別の世界に誘《いざな》われたかのように錯覚する。

『適当にやりすぎたんだよ。クラッシュダンスとかスライダーとか』

「なんかまだ、すべてのスキルを理解できてないっていうかさ。スキル図があればいいのに」

確か樹形図的に管理されていると言っていた。

『スキル儀って知ってる？』

「巷《ちまた》で話題沸騰の？」

『無知な君に教えてあげるけどスキルの図は立体的に管理され、それをスキル儀と呼ぶ。君の世界の言葉でたとえるならば地球儀。まずはそんな球体を想像してみて』

チキに言われるまま地球儀を思い浮かべる。

『まず北極点から。最初のスキルは女神の祝福。すべてはそこから始まる』

すべての基礎となる『女神の祝福』スキル。

『そこから基本的なスキルに枝分かれして増えていく』

トーナメント表のような感じだろうか。

『そして増えるのは赤道付近まで』

球体の半分でスキルの枝分かれが止まる。

『そして南極点に向かうけど、今度は複数のスキルをマスターしないと使えないスキルが出てくる。つまり収束していく』

南半球ではスキルは高度になり数も減っていく。

『君が使ったクラッシュダンスは南半球にあり、剣舞と神への祈りと共感という三つのスキルをマスターする必要がある。でも基本的にその三つ全部を使える召喚者は存在しない。デジタル的にすべてのスキルを使える勇者以外はね』

ハヤトは球体でスキルをイメージしたが、ほとんどのスキルがぼやけていた。

「なんだか霧がかかってるような感じ。ブレインフォグ？」

『一気に覚えたら危ないよ。それにスキルを知ってる存在と接触しないとダメなのよ』

「チキは知ってるんだろ？」

『なんか私は記憶が欠落してるっていうか……』

そういえばチキは損傷があると言っていた。直してやるのもハヤトの役目だろう。

『とりあえず、そんな全体像を見ながらスキルを選択し、集中して使うこと』

チキに言われるまま『魔力感知』に集中する。

……と、その魔力が押し返された感触があった。どくんと心臓が高鳴る。

気づくとハヤトは全身汗でびっしょりだった。得体の知れないものに触れてしまったこの感覚。

「動かないでください」

剣に手をかけたハヤトを制したのはテアだった。

彼女の視線の先に――それはいた。

真っ白な巨大な虎だった。

『サーベルタイガーだよ。ほらミュウの先祖ともいわれる偉大な虎だよお』

チキも固まっている。虎の眼光はこちらを捉えていた。

森狼やムーンベアーとはあまりにレベルが違った。その攻撃的な筋肉と牙、鋭い眼光、そしてその優雅さ。これがミュウの先祖が交わったとされる森の王者なのか。

ハヤトはただ立ちつくす。自分のスキルにこの虎を倒せるものはない。

「あなたの森を、通り抜けさせていただいています」

テアが平然と語りかけた。……いや違う。彼女の体も震えている。

「私はエメラルドのティファ・エスティラです。巫女《みこ》である私はあなたの声も聞こえます」

……いいのだろうか、影武者がお姫様の名を騙《かた》って。

いや、悪くない。まずは対話だ。言葉が通じずとも敵意のないことを示さねばならない。

「こちらは七番目の勇者様。そして女神様の創造物の妖精です」

虎がこちらを見た。本当に意思疎通ができているかのようだ。

「岸勇人《はやと》です」

『チキです』

ハヤトとチキは顔面蒼白《そうはく》のままつぶやく。目を合わせることはできなかった。

「お怪我をしていますか」

テアの言葉に顔を上げると、後ろ脚の付け根に何かが刺さり、真っ白な毛が赤く染まっている。

「チキ、見てこい。女神繋がりの仲間だろ」

『いや、そういうんじゃないんだけど……』

チキが恐る恐る虎に飛んでいき傷口を確認する。

『あー、矢じりが刺さってる！　あ、すいません』

虎の視線に、慌ててチキが逃げ戻ってくる。

……そうか。森の混乱の原因はこの虎だったのか。この手負いの虎が起因となり、狼や熊が怯えている。あれは襲いかかってきたのではなく逃げてきたのだ。

「お助けいたします。森の王を助けることは私の役目でもありますから」

虎は威嚇しうなり声を上げるが、テアは動じない。

「勇者様がその痛みを引き抜きます。ですからしばしの忍耐を」

……ん？　なんで俺がやることになっている？

『やるしかないよ。なんかイラついている感じがあるから』

だからといって、そのイラついた虎に近づき矢じりを引き抜けと？

「もしも悪《あ》しき行動をした場合、罪は私が請け負います」

彼女は虎に話しかけながら近づいていく。虎の眼光に警戒色が浮かぶ。

「鉄の匂いがお嫌いなのですね。でしたらご心配なさらずに」

ハヤトは息を呑んで目を逸らした。

彼女はその場で服を脱ぎ、虎の前に膝をついた。

そこまでして虎を助けたいのか、それともハヤトを信頼しているのか……。

森の王者の前にひざまずく少女、その裸のシルエットが月明かりに浮かび上がる。

……会話をしている。目を合わせ心を通じ合わせている。

『君』

チキの声に我に返る。

……やるしかなかった。一人の少女が命を懸けているのだ。

剣を捨てベルトを外し、極力金属を排除する。ここで逃げれば勇者ではなく男として失格だ。

といいつつも『精神強化』のスキルは使っておく。

虎に近づくとギラリと光る爪が見えた。恐れてはいけない。その感情はこの虎に見透かされる。

『ここに刺さってる』

チキが発光して傷口を見せてくれる。

妙な傷口だった。矢じりの先端部分だけが食い込み、肉を裂いている。

『これって禁止矢じりだよ。ネジのようになってて、動くたびに矢じりだけが食い込んでいく。そのうちに獲物が弱って死ぬっていう』

おそらく人間が撃った矢だ。人間が引き抜くしかない。

だが本当に大丈夫か？　傷口に手を触れた瞬間、虎の逆鱗《げきりん》に触れはしないか。虎の強さはわからないが、上限が見えないだけでハヤトの生死は虎の気分次第だ。

虎の吐息が聞こえる。牙も爪も届く位置で祈る全裸の少女の姿……。

ハヤトは腹をくくった。

『この禁止矢じりは右回りに食い込んでいく。だから逆らわずに右にひねりながら抜くんだよ。でも返しがあるから当然ながら痛みが伴う』

ハヤトは大きく深呼吸をして傷口に手を添える。

虎の低いうなり声に心が凍りつき、その冷えが全身に伝わる。だが手を震わせてはいけない。

目を閉じハヤトは傷口に指を突っ込む。矢じりが確認できた。それを指で握り、まずは呼吸を整える。そして一気に――引き抜いた。

肉が裂ける感触と生臭い血の匂い。

もう一呼吸して目を開け、ハヤトは固まった。

目の前に虎の顔があった。

……これが死なのか。だが恐怖は感じない。音も時間の感覚すらもなくなった。

そのときハヤトは樹海と会話した。深い深い樹海の底で神の使いに出会ったような感覚。この虎を介して樹海と繋がった。

同時にハヤトの脳裏に球体が浮かび上がる。

球体を覆う霧が晴れてスキルが見えた。球体の頂点から広がるスキルは赤道を越えると収束を始める。どんどんと数が減り続け球体の裏側の一点に向かっていく。

……ああ、これですべてのスキルを手に入れた。いや、残るスキルはあと一つ。

球体の南極点に位置するそのスキルは……。


『■■■』


そのスキルに触れたハヤトの意識がぶつんと途切れた。

森の霧が少しずつ晴れ、月明かりに虎の白い毛が照らされる。

月が雲に隠れ一瞬だけ闇になった。再び月が出た瞬間、白い虎は消えハヤトは倒れた。

＊＊＊＊＊

意識は現実と夢の狭間《はざま》を浮き沈みする。
暗闇に放り出されて自分の場所を見失った感覚。
触れてはいけないものに触れ、漆黒の宇宙に放り出されてしまった。
……寒い。
そのとき闇の中でグリーンの光を見た。
ハヤトはその光にしがみつく。手を離せばこのまま自分の座標を失ってしまう。
「私はここ」
声が聞こえた。そのウィスパーボイスにハヤトの意識が引き戻される。
「この鼓動が私です」
手に触れたのは柔らかな肌の温《ぬく》もり。
抱きしめた胸に顔をうずめると、確かな鼓動が聞こえた。
……自分はここにいる。
抱きしめるというよりしがみついていた。
少しずつハヤトを覆う闇が晴れてくる。そして凍りつくような寒さも緩和された。

月明かりが見えた。そして闇に浮き上がる女性のシルエット。

倒れたハヤトに覆いかぶさる白い肌があった。

花の香りがする。吐息が聞こえる。森のざわめきを感じた。

弾力のある膨らみに顔をうずめ、唇でも感触を確かめる。乱れた呼吸に甘い吐息が混じり始めた。

……これは夢だ。

禁断のスキルに触れ凍えたハヤトは、女性との触れ合いを思い出している。

フレイアだろうか。小柄ながらも女性的な曲線と包容力を持った彼女。

それともミュウか？　しなやかでいて躍動感のある体は敏感でいて、とても可愛らしい反応を見せてくれた。

だがその二人と違うような気がする。

じゃあミヨか？　幼馴染《おさななじみ》としてずっとそばにいたが、彼女の裸体の感触はこの異世界で初めて知った。あの抱き合ったときの官能的な一体感。

……いや、違う。

確かめようと強く抱きしめキスをする。抗われカチッとお互いの歯が当たった。それでも放さない。しがみついていなければ、またあの暗黒に放り出される。

次第に抵抗がなくなりハヤトは温もりに包まれる。

お互いの鼓動が重なり一つのリズムを刻んでいく。

体の感覚が取り戻され血の流れを感じた。マグマのように体が熱く昂《たかぶ》る。

そして閃光《せんこう》。

ハヤトは現実世界に引き戻されたことを感じた。


「…………」

鳥のさえずりで意識が覚醒する。

『ん、起きた？』

目を開けるとチキが覗《のぞ》き込《こ》んでいた。

はっと体を起こすとマントが腰までずり落ちる。確認するとしっかりと服を着ていた。

「おはようございます」

声のほうに向くと、テアが焚火の前に座っている。濡れた服も乾いたようだ。

「俺って、昨日はどうなった？」

朝もやに包まれた森を見て疑問を口にする。

『サーベルタイガーに遭って、倒れたんだよ』

説明するチキに、テアがちらりと視線を向けた。

『で、寒そうだったから焚火の前に置いて温めてた。それだけだよ、ホント』

「そっか、やっぱり虎に遭ったのは本当だったか」

「はい、驚きましたね」

テアが視線を逸らしながらハヤトに矢じりを差し出した。あの禁止矢じりだ。

「なんか変なスキルを見たような気がするんだ」

『サーベルタイガーは森と繋がっている。だからかもね』

「なんか体の調子がいいのもそれが理由かな」

溜《た》まっていたものを吐き出したようなこの爽快感。

「それより」

テアが立ち上がり「コホン」と咳《せき》ばらいをする。

「出発しましょう。合流する必要があります」

そうだフレイアたちも心配だ。すぐに用意をして、仲間との合流を目指すことにした。

合流地点はルイージのカタコンベだ。

霧が晴れたのを見計らい、二人と一匹で樹海を進んでいく。

「そろそろルイージのカタコンベのはずですが」

テアも表情を緩める。疲れの色はあるが順調だ。

「……はい？」

「いや、なんでもない」

つい昨日のことを意識してしまう。暗がりとはいえ一糸まとわぬ姿で虎に立ちはだかった彼女。

……いけない。あの神聖なシーンを汚してはならない。

あのシーンは異世界のアルバムの一ページとして大切にしまっておこう。

『あ、煙が見えた』

上空を飛ぶチキが言った。

「やった、合流できる。助かった……」

ハヤトは心底安堵した。

「ふふっ、私はもう少し三人でもよかったですが」

『テアはカタコンベが目的地だったんだよね』

チキがテアの肩に降りる。

「微力ながらお祈りを捧《ささ》げようと思いまして。まあ、代理ですが」

『そんなに卑下することないって。サーベルタイガーと意思疎通してたんだから才能あるかもよ』

「本当なら、お前が虎と交流するべきだったぞ。お互い女神の部下のようなものだろ？」

『だとしても部署が違いすぎるんだって』

「サーベルタイガーは知性が高いですから、こちらから意思を示せばくみ取っていただけます。といっても私も遭うのは初めてで震えてしまいましたが」

テアが心臓を押さえる仕草をする。

『じゃあ、恩返ししてくれるかもねえ。宿屋の扉をトントンって』

チキと無駄話をしていると森の小道に出る。やっと元のルートに戻ることができた。

「ハヤト！」

たたっと駆け寄る人影はミュウだった。

ハヤトはミュウを受け止めてやると、そのまま両手をつかんでぐるぐると振り回す。

「みんなは？」

「無事よ。ただ親衛隊の隊長がね……」

「えっ」

顔面蒼白になったテアはいきなり走り出した。

ハヤトも彼女を追って走る。しばらくするとキャンプベースが見えた。

そこには懐かしきメンバーたち、そして親衛隊の双子の顔もあった。

そして目を閉じ横たわるジェシカの姿。

＊

ルイージの地下納骨所《カタコンベ》。

三百年前の戦死者を埋葬した地下墓地。

今はその形跡もなく、大樹が墓標となっている。

そんな墓標の前に二人の女性が立っていた。

「傷は深くなかったのですが、フーに薬で強引に眠らされまして」

ジェシカは周囲に人影がないことを確認してから、彼女に頭を下げる。

「申しわけありません、ティファ様」

隣に立つのは影武者ではなく本物のティファァ姫君だ。

「無事ならばよかったです。驚きはしましたが」

「こんなことになるのならば、スーとフーにも伝えておくべきでした」

あの双子は入隊歴が浅く、酒を飲むと口が軽くなるので教えていなかった。

「謝罪の必要はありません。これは私のわがままなのですから」

ティファは静かに墓標を見つめる。

「それに今の私は影です。ティファは体調不良で街で療養中ですよ」

「この罰は後にお受けします」

「必要ありません。なによりあの勇者様はとても紳士的でしたよ」

ジェシカはぐっと歯を食いしばった。たった半日ばかりとはいえ、あの不遜な七番目と二人きりにさせてしまったことは大失態だ。

「それに妖精さんもいましたし」

「妖精は本物の姫君だと看破したのでは？　情報を正しく伝える種族です」

「お花売りの女の子だとは思い出してくれましたよ」

ジェシカは王都の庭園で妖精と触れ合ったことはあるが、どうもあの妖精はどこかズレているような気がする。この南側の汚れた地で過ごすと妖精も染まるのだろうか。

「とにかく、この場に来たのは私の意思です」

ティファが大樹の幹に手を触れる。

大樹には多くの名前が刻まれている。ここを訪れた人間たちの名前だ。

未だにはっきりと残るものと薄れ消えかけているものまで。それに時間は関係ない。

想《おも》いの強い文字をこの大樹は残すという。

「ジェシカも刻みなさい。あなたの祖先もここにいるはず」

「ですが……」

ジェシカはティファに帯同してここにいるだけで、祈る権利はない。

「ほら、見てください」

ティファが指さす場所には6＋7と刻まれていた。

「先ほど勇者様も祈っていましたよ」

6という数字がはっきりと残っている。＋7はあの七番目が刻んだ文字だ。

六番目の勇者の評判も良くないが、この大樹は彼の祈りを受け入れた。そしておそらく七番目の文字も残るだろうと思った。不思議と汚されたという気持ちはなかった。

「エメラルドの剣の家系。三百年も尽くしてきた礎となったご先祖様がここにいるのでしょう？」

ティファの言葉は真実だ。ここにはジェシカの家系の英雄が祀《まつ》られている。今となっては地下墓地は崩れ落ち遺骨も確認できないが、ここにいる。

そしてジェシカはここで祈ることが義務だと思っていた。

しかしそれは結果的に不可能となった。ジェシカは若くしてエメラルド親衛隊に抜擢《ばってき》されたからだ。そうなれば気軽に王都から離れるわけにはいかない。

今回の大規模召喚を理由に南の辺境に来られたが、このカタコンベは王道からは外れている。ここで祈る機会はないと思っていた。

「……どうか安らかに」

ジェシカは大樹の幹に自分の名前を刻み、そのままもたれかかる。

まるで森の鼓動が聞こえるかのようだ。偉大なる先祖が潰れたカタコンベに放棄されていると知ったときは胸が張り裂けそうになったが、ここにきて考えは変わった。

戦争で散った英霊たちは森に守られている。

来るのが年老いてからでなくてよかったと思った。でなければずっと胸に穴を空けたまま過ごさねばならなかった。今回はティファの奔放な行動に救われたことになる。

ティファは他の姫君に比べて女神の声が聞こえにくい。

それもあり、徳を積むために自分の足でここまで来たのだろう。瞳の色を変えるために目に薄いクリスタルをはめ、髪の色を染め、薬を飲んで声を変え、さらに冒険者のような格好をしてまで。

そんな彼女に謝らねばならないことがあった。

「祈りの装束を血で汚してしまいました。賢者がそれで、とっさに私の治療を」

真っ白でいて清潔な素材に着替える手はずだったが、腹の傷の手当に使われてしまった。

「では賢者にお礼を言わねばなりませんね」

ティファは平然としている。

「それではエメラルドの装飾だけでも」

箱から装飾品を取り出そうとしたが、ティファに制された。

「必要ありません。祈り方は森の主に教えられました」

ティファは森の主、サーベルタイガーに遭ったという。そして勇者が矢じりを引き抜いたと。

そう聞かされたが信じてはいなかった。あの混乱の中でパニック状態になっていたのだろう。あの七番目も物事を大げさに話す傾向があり、信用してはいけない。

「輝きに頼ることは愚かなことだと」

ティファはそのままの姿で膝をつき大樹の前で目を閉じた。

ジェシカはそのシーンに心を奪われた。

ティファの体が森に溶けていくような感覚。祈りが受け入れられている……。

「現在の平和を築いた英霊にお礼を」

ジェシカはここで知った。

ティファは自らのためではなく、ジェシカのためにここまで来たのだ。

ジェシカの葛藤を知り、体調不良と偽りの情報を流してまでこのカタコンベに。

こらえきれずに涙が流れた。魑魅魍魎《ちみもうりょう》が渦巻く王都で過ごしつつも、ティファは周囲の人間のことを考えていてくれた。

ジェシカはエメラルドの剣の家系に伝わる話を思い出していた。

ここカタコンベには魔王と戦った英霊が祀られているというが、正しくは魔王ではない。もともと魔王は女神の守護者と呼ばれていた。だが、守護者は神に反旗を翻した。

そして女神は人間を使って守護者を滅ぼそうと試みた。さらにエルフも離反し、三すくみの長き

にわたる混沌《こんとん》と戦争が続いたという。

その戦争に終決をもたらしたのは初代勇者だった。

それができた理由はひとつ。彼は誰の味方でもなかったからだ。

その後、人間の歴史は改ざんされた。エルフは永遠の友、守護者は魔王と呼ばれるようになった。すべて女神の言葉によって……。

口外できないその真実は、ここに祀られた先祖からの伝承だ。

ジェシカは思う。女神は絶対的な存在なのか？　その言葉は正しいのか？

ティファが正しいからこそ、正しくない声が聞きにくいとしたら？

考えることさえならない女神への冒涜。だが目の前のティファを見て感じる。

「そして心からの安寧を」

その声を聞いて思う。彼女は正しい。その言葉ですべてが解放された。

……やはり私にとって正しいのは目の前の姫君だ。

そしてジェシカは先祖の墓を前に誓いを立てた。私も正しきことをやろうと。

私は……。

エメラルドの憂慮を取り除く剣となります。

＊

「それにしてもカタコンベって意外にカジュアルな感じだったな。落書きもいっぱいあったし、六番目も彫ってたし」

ハヤトはチキとキャンプベースに戻っていた。六番目もここを通ったことが確認できた。

『いやいや、神聖な場所なんだよ。落書きとかじゃないし』

「テアが親衛隊ってことがわかったからさ、ここは俺たちが一肌脱いで潤滑油になろうと思う」

『そんなに油まみれになる必要ある？』

「ルイージまであと一日ぐらいかかるだろ。ぎこちない感じで旅するのもあれだしさ」

しかしベースに戻ると和気あいあいとした空気が流れていた。

焚火で鍋料理を作っているミナミとフレイアとテアの姿がある。味付けなどを話し合うその様子はとても楽しげだ。

さらにベースの奥ではミュウと赤髪のフーが一緒に弓の練習をしていた。お互いの弓の素材や、射撃の型の違いなどを確認しているようだ。

さらに驚いたのはミヨがスーと剣についての対話をしている場面だ。

「ヴァルキリーの強みは一撃必殺の打撃と堅牢《けんろう》な防御にあるのよ。一撃で敵を倒すのが基本だけど、長期戦になった場合は防御に徹する。つまり切り替えが重要なの」

「技は知られてるの？」

「ほぼ解明されてるのよね。だから対人戦では独自の工夫が必要で……」

……なんだあいつは。いつの間に他人と会話できる社交性を身に付けた？

取り残された気分になり横を向くと、すでにチキの姿は消えていた。

『おいしいよ！』

チキは料理組に参加し味見をしている。

「俺はサーベルタイガーを助けた勇者なのに……」

「それは口外するな」

はっと振り返るとそこにはジェシカが立っていた。

「なんだその顔は」

「あー、いえ、別に」

ハヤトは安堵した。チームの輪に入れない同種がここにもいる。

「じゃあ、俺は料理の手伝いをしてきますんで」

「いや、まあここに座れ」

何故かジェシカに引き止められる。……やはり寂しいのだろうか。

仕方なくそばの倒木に腰を下ろすと、ジェシカは一人分ほど間を空けて座った。

「…………」

会話がない。料理組の楽しげな声や戦闘技術を議論する声が聞こえ、それが孤独を感じさせる。

こういうときのチキだが裏切られてしまった。

「あの、怪我の具合はどうですか？」

「賢者のケアのおかげで助かった。あとは私にも魔力があるから回復も早い」

「そういえば新聞を見ましたけど、活躍したそうですね」

「気を使わなくていい。年齢はそれほど変わらない」

ちらりと横顔を見る。偉そうな態度と口調で年長に感じてしまうが年齢は二十歳《はたち》前後か。

「それで、はぐれたときのことをもう一度確認したい」

「熊の乱入でテアが孤立したから助けたんだけど……そういえばあの熊は？」

「あの鍋の中だ」

あの巨大な熊を倒したというのか。ショットガンも持っていないのに可能なのか？

「熊殺しの戦術は確立されている。剣と弓があれば充分だ」

ジェシカはハヤトの疑問を察して答え、続きを促す。

「その後はチキの言うとおり小川の中を歩いて移動して、サーベルタイガーに遭遇しました」

「そのときの矢じりを預かっていいか？」

言われるままサーベルタイガーに刺さっていた矢じりをポーチから取り出す。

「これは禁忌とされている武器だ。いったん刺されば動くたびに肉に食い込み内臓にまで到達する。不必要に動物に痛みを与えて殺すもの。さらに聖なる虎の狩りもタブー」

ジェシカの表情に怒りが浮かんでいた。

「王国南では未だに虎が取引されている。毛皮だったり剝製《はくせい》だったりと。状態のいい毛皮が手に入れば一生遊んで暮らせるほどの金が手に入ると言われてる」

そんな悪意を持つ連中の攻撃を受け、虎が傷つき森のバランスが乱れた。

「俺じゃなんの力にもなれないからどうぞ」

ハヤトは矢じりをジェシカに渡した。

あの虎を狩ろうとするような連中だ。悪しき存在であり、巨大な集団であることは間違いない。

ハヤトにはそんな連中を敵に回す覚悟はなかった。

「俺が引き抜いたんだけど、テアが虎と意思疎通してた感じだったなあ」

「その件は私が解決するからもう口にしなくていい」

「じゃあ、これも返します」

ハヤトはテアから預かっていた剣を手に取ったが、ジェシカは首を振る。

「それは七番目に差し上げたとおっしゃっていた」

ジェシカはちらりと鋭い視線を向ける。

「それで他には何もなかったんだな」

「他にって……」

『ねえ、ご飯ができたよー』

「先に行く」

チキが飛んできて、ジェシカが立ち上がる。

「守ってくれたお礼を言っておく」

ジェシカが笑顔を見せた。それは初めて目にする銀髪の騎士の微笑だった。

「みんなで鍋を囲むのも悪くないな。なんかジェシカもフランクになってきたし」

『一応さあ、助言だけしてあげる』

チキが耳打ちした。

『ミノタウロスにとどめを刺す前も、ジェシカはあんな笑顔だったよ』

＊

親衛隊を含め九人と一匹のチームとなって森を進む。

昨晩は皆で熊鍋をつつき楽しい時間を過ごした。やはり食事は重要だ。

ちなみに熊鍋はとてもよかった。まず肉の見た目がいい。ピンク色の肉に真珠色の脂身というコントラスト。シンプルな塩味にしたが、淡白でいて獣臭さも残るワイルドさが美味だった。

雰囲気がよくなったのはコミュニケーション能力の高いミナミとフレイアのおかげだろう。

特にフレイアは裁縫道具で親衛隊の服を補修したりと感謝されていた。

その後はそのまま夜営し、今はルイージに向かって歩いているところだ。

怪我をしたジェシカの歩調に合わせているのでゆっくりだ。怪我は木を背にしたときに偶然に枝が刺さったものらしく、出血が派手だっただけで軽傷のようだ。

『もうすぐ森を抜けそうよ』

上空からチキが舞い降りてくる。

「そういうの言わなくていいのになあ。旅の驚きがなくなるから」

『言わなかったら言わんで文句言うでしょ』

森を抜けたらもうルイージの管理内となる。短い期間だったが長く感じた旅だった。

「なんかいい匂いがする」

ミヨのつぶやきに、ハヤトのポーチに潜り込みかけたチキがびくっと固まる。

『さすがヴァルキリー、するどいなあ』

チキはチョコレートの欠片《かけら》を両手に首を振る。ジェシカからもらったチョコをハヤトのポーチに隠し、独占して食べていたのだ。

ミヨはチキからチョコの欠片を奪い口に放り込む。

『ちょっとだからね。ちょっとずつ食べようね。こっちじゃ買えない貴重品だから。これはジェシカの怪我の治療に鱗粉使ってあげた私へのお礼なんだからね』

「ミヨはこういうときだけ嗅覚すごいな」

「いい匂いはこれじゃない。花のこと」

「フレイアの頭の花？」

「じゃなくて、触れたことのない花の香り」

同時に森を抜けた。

「うわあ……」

視界がグリーンからイエローに転換した。

広がるのは黄色い絨毯。森と街の狭間にある花畑だ。

「これはルイージの花ですよ」

後ろを歩くテアが教えてくれる。

『わー!』

チキに続いてミュウが花畑に走る。ミヨもフレイアの手を握って駆け出した。

「異世界組は楽しそうだねえ」

呆《あき》れる双子をよそにハヤトもミナミの手を握って走った。ミュウたちを巻き込んで花畑にダイブし、そのままゴロゴロ転がりながら花に埋もれる。

黄色に囲まれながら大の字になって青い空を見上げる。

「ねえ、なんで私を巻き込んで、どさくさで手を握ったの?」

隣のミナミも空を見上げている。

「今だったら少年っぽいカジュアルさが許されるかなって」

「学校ではカジュアルですます、君のいい加減さが嫌いだったなあ」

ミナミは過去に思いをはせながら毒を吐いてくる。

「でも、こういうの久しぶりです」

純粋なフレイアは擁護してくれる。そんな彼女の頭に花を挿してやった。

「ほら、この街の分」

「それ、まだ続けるんですか?」

文句を言いつつもうれしそうにフレイアが笑ってくれる。

「だってこんなに綺麗な花だし、お前の趣味だもんなチキ。……え？」

ハヤトは花の上を飛ぶ妖精を見て、ごしごしと目を擦《こす》った。

……違う、チキじゃなかった。チキよりも美人タイプの妖精だ。

『初代勇者と別れた妖精。彼女が戻ってきたときに、こぼした涙からこの花が生まれたといいます。妖精は涙を流すたびに記憶を失い、そこには花が咲くのです』

そう言って妖精は飛び去っていく。

『はぐれ妖精かな』

チキはフレイアの頭にいた。

「妖精にも野良がいるのか？」

ハヤトは体を起こして飛び去る妖精を見る。

『こんな辺境で一人でいるなんてはぐれちゃったんだよ。連れていってあげていいかなあ？』

「チキってさあ、意外に仲間思いなんだな」

「うん、とても意外なことね」

ハヤトとミヨはチキのことを見直した。

『一応さ、私は勇者の世話係だからマウントを取れるからね』

最低な言葉を残しながら、チキはその妖精のもとに飛んでいく。

見ると二匹の妖精が花の上に座りながら話し込んでいる。

最初はチキが腕組みをしながら話しかけていたが、次第に姿勢を正していく。しまいにはペコペコ頭を下げてこちらに舞い戻ってきた。

『やばい、エルフの相棒がいるんだって。つまり相手のほうが格上だった』

「こいつ、心底駄目なやつだな」

それにしても、と、ハヤトたちは顔を見合わせた。

エルフ。

ついにその存在が出現した。この世界の究極の美と知の象徴とされる種族。

「ギルド情報だと長寿でいて知能が高く魔法の制御に長《た》ける。何よりもその美しさが特徴とされているると。魔力量が多いから妖精を引きつけるのかもね」

ミナミが花畑から立ち上がる。

「ルイージにはエルフがいることは確認されている。彼女の連れの妖精だろう」

遅れて歩いてきたジェシカが言った。

『いやー、三番目以降の勇者の評判が悪いからさあ、私も立場がないよ』

「マウントの取り合いとかゲスい考えをしているお前自体が悪いんだよ」

『よろしければ、街まで案内いたしましょうか？』

目の前にさっきの妖精が飛んできた。なんかチキとは違い、しゅっとしている。

「いや、悪いからいいよ。行こうぜチキ」

ハヤトは妖精を手に乗せて歩き出す。

『おい、お前のチキはこっちだ』

背後でチキが憮然《ぶぜん》としている。

「でも、こっちがチキでいいかも。神聖そう」

「私たちには判断つかなかったってことにしようか」

ミヨとミナミも乗っかったため、チキは不貞腐れて明後日の方向に飛び立った。

『これでお別れだ、クソ勇者！　不幸になっちまえ！　バーカ！』

女神の創造物らしからぬ捨《す》て台詞《ぜりふ》をはき、ここで一匹の妖精が離脱した。

出会いと別れ。これも旅だ。

そして次の街へ。

第二章　勇者の聖杯

『ルイージ。死者を弔う墓場の意がある。昔は礼拝者の泊まる街として栄えたが、現在はエンターテインメント、そして迷宮の発見により……もう必要ないか、勇者の辞典は』

ハヤト一行はルイージの南門を潜《くぐ》り抜《ぬ》けた。

あの美人妖精が途中まで案内してくれたのでスムーズだった。彼女はそのまま相棒のエルフに会いに行くという。一年ぶりらしく長寿種のおおらかな時の流れを感じる。

「私は王国の諜報員《ちょうほういん》と接触するから、お前たちは移動の準備をしておけ」

ジェシカが双子に指示を出し、一人で街に入っていく。

『じゃあ、バイバイ』

チキがジェシカと一緒に飛んでいこうとしたので、それは捕まえた。

「なあ、いつまでへそ曲げてるんだよ」

『はいでたでた。すぐ私のせいにする異世界人。私は騎士のマスコットとして王都に行くよ』

「ねえチキちゃん、私たちはあなたがいないとバラバラになっちゃうのよ」

ミナミが悲しそうな顔をしながら指先でチキの頭にタッチする。

「私はチキのこと好きよ。離れるのやだよ」

「そうです、妖精さんは神聖なる種族ですから！」

「うん、チキは油よ」

ミュウとフレイア、そしてミヨにも適当に持ち上げられる。

『そぉ？』

「チキがいないと旅は始まらないだろ」

『しゃーねえなあ、もう！』

「じゃあまずはギルドから行くか」

チキの機嫌が直ったのでやるべきことをやることにする。

流れの冒険者はギルドへの登録が必須だ。そしてミナミの短期的な職場となる。

『三人もギルドに行くの？』

「うん、情報収集とちょっとした用事があるんだよね。そうしたらそこでお別れね」

スーたち三人もギルドに向かうようだ。

ギルドの場所は美人妖精から聞いている。基本的にこの街の構造は、巨大な教会を中心にエリアが区分けされている。

北側がレース場などエンタメ施設、中央付近にはギルドなど商業施設、南側が居住区など。

八人と一匹は教会を目指して歩き冒険者ギルドを探す。

メインストリートから少し入ったところにギルドはあった。

思った以上に活気がある。汚い格好をした冒険者たちが酒を飲みながら情報交換をしていた。今までの街では地域のコミュニティーセンターのような雰囲気だったが、ハヤトのイメージどおりの冒険者ギルド。まさにゲームの世界が目の前にある。

「やっぱり迷宮探索がメインになってるのね。じゃあ行ってくる」

ミナミがギルドのカウンターに向かう。

「なんかミゼットの姿も多いね」

冒険者たちに酒を配るミゼットの他、装備を整えている者が多い。

「ミゼットは小柄で器用なので迷宮探索には重宝されるのですよ」

フレイアが答える。

「私たち亜人は苦手。迷宮のにおい自体で鼻をやられちゃう」

ミュウのような亜人は狭い迷宮では能力を発揮できないようだ。

それにしても熱気がすごい。それぞれのパーティーが情報交換にいそしんでいる。それは純粋な熱狂ではなく疑心暗鬼もセットだった。これはレースなのだ。聖杯という青天井のお宝を目指すゲームの勝者はたった一チームだからだ。

「いつ入る？」

ミヨの目が輝いている。

「お前はさあもっと全体を俯瞰《ふかん》して考えなよ。きっと迷宮っていってもゲームとは違うぞ」

セーラー服で迷宮攻略をするつもりなのか。

『なんかさ、ちょっとエロいゲームでありそうだね』

「お前はそういった情報をどこから仕入れるんだ」

ここは自分がしっかりせねばなるまい。まずはできる仕事をやることだ。

依頼書が貼られた壁を探そうとすると、スーがふっと鼻で笑った。

「採取の依頼でも探してる？　そんな小さな仕事があるわけないでしょ。今は聖杯レースでギルドは手いっぱい。食料とかは隣の街から輸送されている状態。ちまちまハーブ集めなんてやってるお気楽冒険者なんて、ここにはいない」

やはり親衛隊は流れの冒険者を見下している。

「調子に乗るなよ宮仕え。実は俺たちはもう仕事をしている。俺たちのチームでな」

ハヤトはポーチから手紙を取り出す。これはレアルのギルドからの手紙だ。ギルドからの手紙を運ぶのも冒険者の重要な仕事だ。

「まずは仕事を完了させてくる」

ミヨたちに断りカウンターに進む。すると何故《なぜ》かスーがついてくる。

カウンターにはすでにギルドの制服に着替えたミナミが立っていた。

さすが賢者の祝福者。もう仕事を始めている。

ハヤトはミナミの前に立つと手紙をカウンターに置いた。

「レアルのギルドからの調査書です」

「まあ、ようこそルイージの街に」

このやり取りも慣れたものだ。街は変われどハヤトの担当ギルド員はいつも彼女だ。

「レアル直行の手紙は貴重ですよ」

ミナミが銅貨を四枚カウンターに置く。

対価は少ないがこれが初仕事だ。ここからこの街での生活がスタートする。

「ムーンベアーの毛皮と肝の報酬となります」

はっと横を向くと、スーが革袋に入った金を受け取っていた。

「私たちのチームも仕事を完了っと」

スーがにやっと笑った。

「はいそっちの取り分。ここは平等に分けよう」

ハヤトは銅貨二枚をスーに滑らせる。

『君ってプライドないなあ』

「いやいや、あの熊討伐って俺たちも参加したんだろ。俺はいなかったけど」

「私とフーで倒して皮をはいだんだけどね。参加料だったらお肉をあげたでしょ。このお金はあなたたちチームが大切に使いなさい」

スーが銅貨をハヤトの手元に戻して去っていく。

「なるほどな」

そういう態度ならばこちらにもやり方がある。あいつらが街から去る前に教えてやる。

「戦《や》るしかねえよな」

『ナイスファイト！』

「まだやってねえよ」

……俺たちの異世界アドバンテージを教えてやる。

＊＊

「私たちはあなたと違って忙しいんだけど。本隊と合流しなきゃいけないし、その準備もある」

「安心しろ。お前らの上司はまだこの近くの街でのんびりしてる」

ギルドで買った新聞を見せた。ティファは未《いま》だ休息中でキャラバンも停止状態だ。

「で、なによ」

ハヤトたちはギルドのそばの空き地に立っていた。

双子とテア、ハヤトとミヨとフレイア、そしてチキ。

ギルドの客層が悪かったので、ミュウはミナミの護衛兼助手としてギルドに残ってもらった。

「俺たちはレアルからここまで一緒に旅をしてきた」

「だから報酬を分けろってこと？」

「ここは勝者総取りでいこうじゃないか」

ハヤトは銅貨四枚を提示する。

「いやいや、賭けるには金額が違いすぎないかなあ？」

スーが両手をひらひらさせて煽《あお》ってくる。

「ギャンブルはよくないですよ」

「そうね、あなたの意見は正しい」

困惑するフレイアの頭をフーがなでている。

「あの、ここは二等分するべきじゃ……」

「あんたは黙ってて！」

口を挟んだテアをスーが一喝し、ハヤトを指さす。

「どうせねえ、あなたがその場にいたって、ぬぁーんの役にも立たなかった」

挑発には動じない。しょせん熊ごときで調子に乗っているが、こっちは森の主と呼ばれるサーベルタイガーと対峙《たいじ》した。ジェシカに口止めされているから言わないだけだ。

「それを試してやるよ。どっちの世界の人間が優秀かを、よ」

ハヤトはボールを手に取りくるっと指先で回転させる。

なんの変哲もないこの公園。狭いスペースにバスケットコートがあるだけの場所。

だがバスケットボールはハヤトの世界発祥のスポーツだ。おそらく召喚者がこの街に来たときにコートを作り、バスケットボールのルールを残したのだろう。

「異世界チーム対親衛隊チームのスリーオンスリーでいこう。勝ったチームがすべてを取る」

今後親衛隊とは会うことはない。だったら最後に一泡吹かせてやる。

「別にいいけどね。バスケットのルールは王都で召喚者たちが広めていたから知ってる。あっちの世界らしい平和でおしとやかなゲーム」

スーが乗ってきた。ちらりとフーを見ると不服げな顔をしている。

「どうした姉のほう。自信がないのか？」

「そっちが異世界チームと名乗るのならば、この子はこっちのチームに」

フーがフレイアを抱きしめている。

「いやいやいや、そっちは親衛隊チームだろ？　フレイアは俺たちのチームだよ」

テアには悪いが、この子は絶対に足手まといになる。

「私たちはさあ、この子よりもフレイアちゃんとのほうが仲いいの。ほつれたマントも直してくれたし、敵に回したくないいんだよねえ」

スーもフレイアを勧誘している。

「いや、テアちゃんはそっちだよ」

「あなたのチームが引き取ってよ」

押し付け合いが始まり、テアがぐっと涙を堪《こら》えている。

「あのー、心苦しいですが、やっぱり私はハヤト様とミヨさんの仲間です」

フレイアがきっぱりと言ってくれた。

「しゃーないけどハンデとしてはちょうどいい。隊長が戻ってこないうちにケリをつけてあげる。あなたたちに身の程を知るいい機会を与える」

スーがするりとマントを脱いだ。

「チキ、審判をやってくれ」

……馬鹿め、こっちはバスケは授業や休み時間でやっている。

『オッケー。王都スリーオンスリーのルールを採用する。ファウルは厳しく取るから気をつけてね。勝ったチームが旅で稼いだお金の総取りとする』

こういうときのチキは便利だ。

「ミヨいけるな」

「ええ、バスケならば助《すけ》っ人《と》でやっている。負けない、いえ勝つのよ」

「フレイアは無理しないでいいからな。少しずつ順応してくれればいい」

フレイアはバスケはビギナーだが器用で動きが素早い。

「フーわかってるね、ぶちのめすよ」

双子が確認する横で、テアはあたふたと髪を縛っている。あの様子だとバスケットボールのルールすら知らない。彼女には悪いがそこが穴だ。

『それでは、始め！』

コイントスの結果、ハヤトたちの攻撃から始まった。

まずはディフェンスサイドとパス交換するチェックボールを行い、ハヤトがボールを持つ。

「ミヨ」

まずはミヨにパス。しっかりと受け止め今度はフレイアに。

「あっと」

フレイアの動きはぎこちないがボールは取れた。

あたふたしているフレイアに双子はプレッシャーをかけてこない。

「いいぞフレイア。リラックスしてこっちにパスだ」

フレイアからパスを受け取り、ドリブルをしながら周囲を確認する。

双子はゴール下で動かず、こちらの様子を窺《うかが》っている。

と、そんなハヤトに向かってきたのはテアだ。

一応ボールを奪ってリングに入れるスポーツだとは理解しているらしい。

「はい」

ためしにテアにボールを差し出してみると、彼女はぱあっと笑顔を浮かべて手を伸ばす。

同時に手を引っ込め、テアが惨めにバランスを崩す。そしてもう一度。

「はい」「えい！」「ほら」「やっ！」「どうぞ」「くぅ！」

テアの腕が無様に空転する。……やはりど素人《しろうと》。

「魔王の森でもブーイングが起こりそうなプレイね」

フーの舌打ちに、テアが勢いよく突っ込んできた。

それをひらりとかわしてミヨにパス。すぐにリターンパスが来てハヤトはそのままシュート。

まずは先制点かと思いきや、スーにブロックされた。

——高い。

なんというジャンプ力。こぼれ球をフーが拾いエリアの外へ。今度は双子の攻撃だ。

ボールを触るのが久しぶりなのか、まずは双子でパス交換を行い攻めてこない。

「やあっ！」

フレイアが突っ込んでいき、スーはフリーになったテアにパスを出した。

「あんっ」

テアがボールを弾《はじ》いてしまい、ロストボールはミヨがカットした。

「でたぁ、その同情してほしそうな悲鳴！『あんっ！』ってすごい可愛《かわい》いねー」

スーの皮肉にテアがぐっと歯を食いしばる。

攻守が入れ替わり、ハヤトはフリーになったフレイアにパスをする。

「そうそう。上手だぞフレイア」

初心者にしてはドリブルがうまい。やはりセンスがある。

「そのままシュート」

ミヨの声に押され、「えいっ」とフレイアがジャンプシュートをする。

皆が温かい目で見つめる中、ボールがリングを潜った。

「やりました！」

ぴょんぴょん跳び上がって喜ぶフレイアの姿に胸が温かくなる。ミヨに頭をなでられうれしそうなフレイア、そして何故かフレイアとハイタッチするフーの姿。

テアとフレイアがいるため、序盤はそんな緩い雰囲気の中で試合が進んだ。

だが、少しずつ体が温まり、動きがスムーズになるにつれてヒートアップしていく。

やはり相手は王国の親衛隊。スーの身体能力はすさまじく、フーは冷静でとても位置取りがいい。そして双子だけあって息がぴったりだ。

『あと三分。ただいまのスコアは6対4で異世界チームのリード』

お遊びはここまでだ。ここから本気を出して叩《たた》きのめしてやる。

双子の顔つきも変わった。相手もギアを上げてくる。

ミヨとパス交換しながらゴール下に迫る。今まで温存していたフェイントを使い、パスをすると見せかけてのシュート。だがスーの反応が異様に早い。カットされたボールがフーのもとへ。

「ミヨ、青髪だ！」

ハヤトはここでマークチェンジした。身体能力お化けのスーにはヴァルキリーのミヨをマッチアップ、そして自分はフーをマーク。攻撃は常にフーから始まるのでそこを封じる。

ボールを持つフーがスーを見る。これはフェイント、冷静に対処だ。

だがフーは強引にドリブルしてのジャンプ。ハヤトもカットを試みるが、フーに弾き飛ばされ地面に体を叩きつけられた。顔を上げると豪快なダンクシュートが決まっていた。

「今のファウルは？」

「いたの？　軽すぎて羽虫かと思ったわ」

アピールするハヤトをフーが見下ろしている。

『えっと……』

「いや、いい。これくらいでファウルを取るな」

ハヤトは立ち上がると『身体強化』『高速思考』『投擲《とうてき》』のスキルをセットする。こちらが持ち込んだスポーツで負けられない。マサチューセッツ州の名誉のためにも。

「ミヨ、パスだ」

ミヨからパスを受け攻撃する。フーのマークを振り切るが、今度はスーが立ちはだかる。……マークが外れない。が、空いたスペースにフレイアが走った。それを囮《おとり》にハヤトはノールックで背後にパス。ミヨがキャッチしエリアの外からジャンプ、スカートがふわっとまくれる。

スリーポイントシュートが決まった。

「どうした親衛隊さーん？　ゴールも守れないようじゃ、お姫様も守れないんじゃねえの？」

『9対6！　あと一分二十秒！』

さらに試合は加速する。ボールとハンドサインを交換しながらの双子の迫力のある攻撃。

一瞬のスキをついてスーが切り込んだが、反応したミヨがガードする。だが、スーはくるっとターンでかわすと、体勢を崩したままシュートを放った。ゴールには入らないと予測しリバウンドに備えるハヤトに対し、フーが激しく体を当ててくる。いわゆるスクリーンプレイ、その隙にスーがふわりと跳躍しこぼれたボールを押し込む。

『ナイスシュート！　これで9対8！』

チキが興奮している。

「なめんじゃねーぞ、こっちの世界をよお。あんたたちはしょせん戦いのアマチュアなのよ」

「刀を忘れてこの世界に来たようね、サムライさん」

スーとフーが挑発してくるが冷静さを失ってはならない。

まだこっちのリードだ。ハヤトはドリブルでボールを持ち込むがマークが外れない。パスコースすらふさがれ、ミヨが両手を広げて不満をアピールする。

「フェイントが通用しねえ！」「それってフェイントだったのぉ？」「いいからボールを回して！」

「スー、ヴァルキリーのスリーを警戒！」『おお、親衛隊のゾーンプレス！』「ハヤト様、後ろから来てます！」「フー、時間がないよ」『テアが転んだ！』「この徘徊《はいかい》するゾンビが」

転んだテアとフーが接触し一瞬の隙が生じた。……ここで決めてやる。

ハヤトは砂塵《さじん》を巻き上げながらドリブルでカットインし、レイアップシュート。

「させるか！」

ミヨのマークを捨てたスーが跳躍し、ボールを叩いた。

「ミヨ、ロストを！」

「フー、取って！」

バコンという音が響いた。

カットされたボールがテアの顔面を直撃した。

ボールはそのまま放物線を描きリングへと……。

『高速思考』の影響かとてもスローで風景が流れる。ボールは吸い込まれるようにリングを潜り抜け、人形のように倒れるテアのわきをバウンドして転がっていく。

『9対10で親衛隊の逆転！　おっと、ここでタイムオーバー！』

「ひゅうううううう！」

ハイタッチする双子を前に、我に返ったハヤトは抗議する。

「今のは無効だ。攻守の切り替えでいったんラインの外に出るルールがあっただろ？」

『えっとねえ、王国ルールだとこういった一連のプレイは認められるんだよね。なんていうか派手なゴールはオーケー的な』

「時間切れじゃない？　ちゃんと計測したの？」

横たわるテアをまたいでミヨも抗議するが覆らない。

「もしかして異世界のバスケの本番ってこれから？　それがトーキョールールですかあ？」

「見苦しさではこちらの完敗だわ」

……悔しい。あまりの屈辱にハヤトは膝をつく。

「かっこよかったですよ、おふたりとも。とっても頑張りました」

フレイアの優しい言葉と笑顔に屈辱の痛みが消えていく。

「認めよう。負けたことを糧に次に繋《つな》げるべきよ」

ミヨと三人で健闘をたたえ合う。自分たちはやるだけやったじゃないか……。

ころころと転がるボールが誰かの足元で止まった。

「貴様ら……」

コートに倒れるテアを前に愕然《がくぜん》としているのはジェシカだった。

＊＊＊

「これからする尋問には真摯に対応しろ。答えを間違えば処罰する」

朱色に染まった空が見える。大樹の下にあるオープンの酒場の席だった。

他のテーブルはにぎやかだが、このテーブルだけとても冷えていた。

「まあまあジェシカ様、言い訳を聞いてあげましょう」

とりなしてくれているのはミナミだ。ギルドの仕事が終わり、少しでも雰囲気を和らげようと食事がおいしいと評判の店に案内してくれたのだ。

親衛隊とはギルドで別れるはずだったが、九人と一匹がそろっている。

エールも運ばれているが、誰も口にせずに泡が消えていた。

ジェシカの隣では濡《ぬ》れタオルを顔にのせたテアが、ぐったりと天を仰いで座っている。

「俺たちはスポーツのルールをしっかりと守ってプレイした」

試合が終わってからずっとジェシカのお説教が続いていたが、考えてみれば自分たちには責任はない。フレイアはしょぼくれ、ミヨは素知らぬ顔をしている。関係ないミュウもエールのお預けをくらっている。

「繰り返すが真と影は詮索してはいけない。つまりここにいる者がたとえ影武者だったとしても、本物の姫君として扱わねばならない」

ジェシカの説教はまったく終わる気配がない。いや、むしろ加速している。

「なあ、みんなを癒やすこの場所で暴力はご法度だぞ」

「安心しろ。私は必要最低限の暴力をコントロールする技術を持っている」

この女は結局暴力を振るうつもりなのか？

「親衛隊同士で話し合って？　私たちは忙しいの」

ミヨは左手首をちらちら見るアピールをしている。もちろん腕時計はついていない。

そして双子はというと不貞腐《ふてくさ》れていた。

「お言葉ですがあ、結局なんやかんやでこの子は影武者ですよねえ。だったらちょっとは動けたほうがいいと思いますけど。これじゃあ親衛隊としてティファ様を守れません」

「プレイも存在もミステリアス。報告は以上です」

スーとフーの反論にジェシカがたっと立ち上がる。

『まあまあ隊長。けっこういい試合だったんだよ』

「とりあえず飲みませんか。まずは旅の無事をお祝いしましょう」

ミナミがとりなすが、ジェシカの表情は変わらない。

「たとえ賢者の言葉でもならない」

「……ではエメラルドの言葉ならば？」

その声はタオルをかけたままのテアだった。

「真と影の詮索はしない。であればティファァ姫君の言葉と同義でしょう？」

彼女は濡れタオルを取ると微笑《ほほえ》んでみせた。待ちわびたテアの回復だった。

「しかし……」

「よろしいのです。楽しい時間でしたから」

コートでは無様だったが、こうしてみると気品があるじゃないか。

「俺たちも楽しかったよ。みんなで汗を流せてさ」

「うん、こうなってはさすがにノーサイド」

ハヤトもミヨもここはテアに全乗りだ。

「親衛隊としても連携も強くなったしよかったよねえ、うんうん」

「ゲームでもこの場でも決勝点はあなただわ」

双子もここぞとばかりに追従する。

「あ、お料理が来ましたよ」

ミナミが明るい声を出す。タイミングよく亜人のウエイトレスが料理を運んでくる。

いや、ミナミがタイミングを見計らってくれたようだ。

この店の料理はジビエ肉がメインだ。それにジャガイモや山菜の付け合わせがある。

「わー、お肉だねえ」

「はい、レアルではお野菜ばかりでしたからね」

ミュウとフレイアがやっと笑顔を浮かべる。

『じゃあ乾杯しようか。音頭は今日のＭＶＰのテアちゃんに！』

チキが『いえーい』とテアに両手をひらひら鱗粉《りんぷん》をきらめかせる。

「それでは乾杯いたしましょう。親衛隊持ちなのでご遠慮なさらず」

女神だ。この状況を解決してくれた上におごりだという。

「乾杯！」

勢いで乾杯し、一気にエールを流し込む。

「うわあああああ！」

運動した体にエールが染みる。毛細血管のすみずみまで浸透していくようだ。

「いやあ、お説教に耐えた分だけおいしいねえ」

「それもスパイスよ」

酒を飲んだ双子は一瞬で気を緩めて失言をしている。

ハヤトはまず腹を満たすことにする。

この世界の素材は樹海に頼っている。よってこの店の皿も葉っぱだ。テーブルに光沢のある大きな葉が敷かれ、そこに料理がどんどん置かれていく。

まずは鹿肉のステーキで血を使ったソースがとても繊細な味だ。そしてこれがエールにとても合う。

さらに野鳥のグリル。肉は自分のナイフで切り分ける。ぱっりっと焼かれた皮を切ると、どろりとした脂があふれだす。手ごろな肉塊を口に放り込むと甘い脂とジューシーな肉汁が口内に広がる。

食べきる間もなくイノシシなどの肉が載せられ、皿の葉の上で肉同士の脂が混ざり合い混沌《こんとん》としてくる。だがそれがいい。その脂を逃がさないようパンで堤防を作っておく。

ナイフでちまちま肉を切るのが面倒になり手づかみでいく。指も口も脂でギトギトになるが気にしない。ティッシュのような葉っぱで拭きながら食べ続ける。

肉を食べてエール、辛い味付けのジャーマンポテト風を食べてエール、玉ねぎの丸焼きのようなものを食べてエール。エンドレスだ。

……ああ風が心地いい。

「働いたあとの一杯って格別」

ミヨが働いた気になっているが、ここは突っ込まない。

「こんなにおいしいお酒は初めてです」

テアがエールのお代わりをしている。意外にいける口なのか。

「この玉ねぎみたいなのうまいよ」

コートで雑に扱ったお詫《わ》びに、切り分けてテアの皿に置いてやる。

「これはこの森でしか取れない花の蕾《つぼみ》ですね。王都に運ぶには足が早く傷みやすいため、この街でしか食べられないとのこと」

「花なんだ。確かにいい香りだよね」

「その森にしかでない香りがあり、それを楽しめとナイル先生がおっしゃってましたよね」

「俺のナイル先生、元気かなあ」

「権威を盾にするな七番目。ナイル師範にご迷惑がかかる」

不服そうにしながらもジェシカも飲んでいる。

「そうおっしゃらずに。勇者様とエルフがお酒を酌み交わしたという聖杯がある街ですよ」

テアはエールを飲み干すとワインを注文している。

「聖杯は本当にあるのか？　なあ勇者の辞典」

『あるみたいよ。あの妖精と情報交換したけど、まずエルフが聖杯の存在を認めている。あの迷宮はエルフの建造物だもん。だから見つかったときのためにエルフが待機してるってこと』

そして高額の買い取りを約束している。

「もしも見つければ、エルフとのコネクションもできるのね」

ミナミが食いついたのは聖杯ではなくエルフだ。エルフは魔法を探求する種族だ。

つまり帰還を目的とするミナミにとって、エルフは重要なキーパーソンとなる。

「美術品でも見に行こうか？」

そんな単純な動機でダンジョンに入るのも悪くない。こちらにはスキルがある。

「無理よ」

きっぱりと言ったのはスーだ。

「はっきり言ってあなたたちじゃ経験不足。百回ぐらいアタックしても不可能」

その口調はバスケットボールのときとは違い挑発ではなかった。

「ギルドで確認したけど、冒険者同士の足の引っ張り合いでマップもめちゃめちゃ。だからって一からマッピングするには時間がかかりすぎる」

この双子は冒険者上がりだという。

『スーとフーは迷宮に入ったことがあるのお？』

「私たちはとある迷宮踏破で名を上げたのよ。最初は試行錯誤の繰り返しで……」

スーが遠い目をしている。話が長くなりそうだ。

「いい話だね。明日には忘れてそうだけど」

「忘れるにしても聞いてからにしろよ！」

すかさずスーが突っ込む。この双子との飲み会も二回目なので慣れてきた。

「踏破レースは終盤なのか序盤なのかもわからないわ」

フーがフレイアの頭をなでながら警告する。

「この迷宮は深すぎる」

この双子の言うとおりだろう。

まずメンバーが足りない。ミナミは非戦闘員でありミュウも迷宮が苦手だ。

ハヤトとミヨとフレイアだけでは戦力が足りなすぎる。

「エルフと王室はどういった関係なのです？」

雰囲気がこなれたのを見計らってミナミがジェシカに尋ねる。

「エルフは特別だ。人間と同等、いやそれ以上。王室でもアンタッチャブルな存在となっている」

「異種族同士でうまくやれないのか？」

「お前は熊とうまくやれるのか？　やれるのは熊の恐ろしさを知った者だけだ。たとえば聖杯。見つかれば必ずエルフに返還しなければならない。たとえ迷宮が王国の管理下であってもだ」

迷宮で見つかった財宝は基本的に見つけた冒険者のものとなる。聖杯も同じく。

ただしエルフからの返還要請があれば、断ることはできない。

『つまりね、聖杯が見つかればいったんは王国預かりになるの。そしてエルフに返還されるって流れになるんじゃないかな？』

「そんときって誰がエルフに返すとか決まってるのか？」

「そこよ」スーが人差し指を立てた。「女神の代理となる姫君からの返還。基本的に順位の高い姫君が選ばれるけど、この段階で見つかれば状況は変わる。だって今はこの街の近くに姫君がいるのだから」

ティファのことだ。大規模召喚で南下し、撤退が遅いエメラルドの姫。

「王都で返還する必要はないんだ？」

「ちょうどここから北に由緒ある街があるのよね。戦争時にダイヤモンドの王妃が慰問に訪れたという聖都市ジュリア。教会から馬車までの道を騎士たちがずらりと並んで守ったという。あこがれるなあ、姫君を守ることは騎士にとっての最高の誉れだから」

「今は普通の道だけど、夢があるわ」

「それに美の象徴のエルフと並んでも引けを取らないのはティファァ様だけよ」

「ええ、ティファァ様の輝きはエルフに劣らない」

双子がうなずき合う横で、テアが固まっている。

『二人はお姫様が好きなんだねえ』

「王都近くの迷宮で大学関係者が迷い、私たちが救出に行ったことがあるのよね。その人がティファ様の恩師だったみたいで、私たちが親衛隊に抜擢《ばってき》されるきっかけになった。迷宮に潜る騎士なんて本来ならば嫌悪されるけど、ティファ様はわかってくれた」

「内面も宝石のように美しいわ」

ここは口を挟むべきではない。ティファの悪口を言ったら対親衛隊第二ラウンドが始まる。

「それはかなわないでしょう。私たちは本隊と合流してすぐに撤収です」

テアのワインを飲むピッチが上がっている。

「うるさいなあ、夢ぐらい語っていいでしょ」

「それで、みなさまはどうするのですか？」

テアが向けてきた視線の意味はすぐにわかった。

「俺たちの意思は変わらない。王都に希望があるとは思えないから」

ハヤトはきっぱりと断った。

「あなたは一緒に来ればいいわ。希望だとかを語る人間を信用しないほうがいい」

フーがフレイアを抱きしめる。どうもフーの母性をくすぐったようだ。

「そのことだが」

静かに飲んでいたジェシカが口を開いた。

「この街にネフェレの貴族の代理人が到着した」

「委員長のことか？　それは断る。たとえこの店の天井まで金貨を積まれてもだ」

金貨千枚で側室との話があったはずだ。

「そのことではない。たとえ貴族といえども召喚者を自由にする権利はない。それにもうここはネフェレの領地でもない」

その言葉に安堵《あんど》する。早急にネフェレ領から出ておいてよかった。

「だが、ミゼットの役目は終わったと」

その言葉の意味がわからず、フレイアと顔を見合わせる。

「七番目の勇者補佐の任務を解くとのことだ。ミゼットのフレイアは馬車でネフェレまで戻ることになる」

＊＊＊＊

陸上競技場のようなスペースを巨大な鳥が走っている。

観客席が設置され、前方では熱狂的な歓声が上がっていた。

『カーゴ鳥。もともと森に住む野生の鳥だったが、召喚者たちによる品種改良により頑丈な種が作られた。その後は森での魔物討伐の馬として、または街から街への運搬の役目を担った。各地にカーゴレース場があり、ルイージのレース場は初代勇者が作ったとされる。勇者の辞典より』

ここはカーゴのレース場だった。

ハヤトとミヨは木製ベンチに座り、客席後方からそれを目にしていた。

「簡単な話なのよ。セレネのミゼットはあくまで領主様からの命を受けてあなたの従者となった。その任務を解くということ。そもそもあなたには必要ないでしょ？　あれだけいるんだから」

少し距離をおいて座っているのは、髪をポニーテールに結んだ女性だった。

親衛隊との飲み会の翌日、ハヤトはこの女性に呼び出されていた。

「あなたがネフェレの貴族の代理人としてここに？」

それにしては所作が雑だ。服装もラフですらりとした素足をさらしている。

「私はデジー。ネフェレの冒険者よ。ネフェレのギルドから仕事を斡旋《あっせん》されたってこと。ミゼットを連れて戻ってこいとの依頼」

……そうか。ギルドを介しての依頼という形を取っているのか。

「それは困る。フレイアは俺たちの仲間だ。彼女の意思で一緒に来てる」

「だからただの使い走りの私に言われても困るのよね。ミゼットとネフェレ領地は契約を交わして共存しているの。彼女には彼女の仕事があるってことよ」

「フレイアは奴隷じゃない。自分で仕事は選べる」

「だからさあ……」

デジーという女性は話にならないと首を振る。話はずっと平行線だ。

『一応言ってることは正しいのよね。ネフェレ領のセレネのような辺境では街とミゼット族が契約するわけだからね。任務を解かれたフレイアに戻れっていうものまあ、ありっていうか』

フレイアの名前が出た理由は嫌がらせだ。コロッセオでハヤトが女神の赦《ゆる》しを得たため、ネフェレの貴族は恥をかかされたと考えている。

はっきり言って彼らにとってフレイアには価値はない。が、反してハヤトたちにとっては大切な仲間だ。そんな関係を引き裂こうとしている。

「わかった、契約というならばお金で解決しよう」

ミヨが殺気のこもった視線をデジーにぶつける。

「では違約金として銀貨五十枚を。期限は三日後の正午までとする」

銀貨五十枚。ハヤトたちにとっては大金だ。

「その金額の正当性は？」

『なんていうかそこらへんはぼやっとしてるっていうか。ミゼットとセレネの街の契約だから、事情がない限りフレイアはあと三年はネフェレ領で働く義務があるんだよね』

絶妙なルールをついてきたということだ。

「ふふっ、勇者様の祝福の副作用は知ってる。この子も処理用でしょ？」

デジーはミヨを挑発している。だがそれに乗ってはならない。

ここで暴力行為があった場合は収拾がつかなくなる。

「堪えろよ、ミヨ」

「平気よ。あの双子の挑発に比べれば可愛いものよ」

バスケットボールでの経験がいきている。

「だから代わりのミゼットをあげる。従者として数人連れてきてるから、その中からお選んでかまわない。お代は結構よ。代替品でがまんなさい」

「断る、さっきも言ったようにフレイアは仲間だ」

そのとき、背後から拍手が聞こえた。

振り返るとそこにはすらりとした男性が足を組んで座っている。

『ルイージの領主、つまりルイージ卿《きょう》よ』

この優男がこの街の領主だというのか？

「私もミゼットを物のように扱うことには反対だ。こんなことを私の領内で話されても困りますな」

「私は、ただギルドの仕事を受けただけです」

先ほどの勢いはどこへやら、デジーの声量が落ちている。

「確かにセレネの辺境では妙な規約が残っている。銀貨五十枚ならば私が肩代わりしよう」

「それはいけません。ネフェレとルイージの関係にも亀裂が入ります。これはあくまでもネフェレと七番目との話なのですから」

硬い表情のデジーを横目に、ルイージ卿はハヤトに笑いかける。

「試されているぞ、七番目の勇者の祝福者」

歓声に振り向くと、カーゴがゴールラインを駆け抜けていた。

「人間とミゼットの契約なのです。私たちのようなか弱い種族は人間の庇護《ひご》下に入り生きながらえています。ですから仕方がありません」

「その均衡のために女神がいるんじゃないのか。女神は休暇でも取っているのか？」

もしかしたら女神は力を抜いている可能性がある。

ハヤトはフレイアと二人きりで並んで座り、流れる小川を目にしていた。

ネフェレの代理人との話し合いは平行線をたどり、解決しなかった。

いったんギルドに戻り、ミナミに報告してからフレイアを連れ出した。

フレイアに説明するのは自分の義務だ。

横に座る彼女は、この異世界に跳んできたハヤトをずっと助けてくれた。

「女神様の冒涜《ぼうとく》はいけません。おかげでひどい目にあったじゃないですか」

「最初にひどいことをしたのは、勝手にここに跳ばした女神だ」

そして女神はこの世界に干渉してくる。

「でも、私は感謝しています。そのおかげでハヤト様たちに会えたのですから」

暗がりの中で光の粒が舞っている。チキでなくこの世界の蛍だ。空を見上げると三日月が浮かんでいる。ここが異世界だと教えてくれたのは、あの緑色の月と隣にいる少女だ。

「この世界の美しさを教えてくれたのは勇者様」

　両ひざを抱えてフレイアは微笑む。

「これが普通だと思っていました。でも私を街から連れ出した人は、世界のすべてに驚いていた。樹海の緑や街に咲く花々を美しいと表現して、私もその普通を美しいと思うようになりました」

　フレイアの頭に咲く花はこの旅の思い出だ。今後も増えていくはずの旅の記憶。

「この旅はとてもとてもすばらしい思い出でした」

　声がかすれて流れる水音に消えていく。

「俺は上っ面の言葉を聞きたいわけじゃない。フレイアの本当の気持ちを教えてくれ」

　フレイアは自分の膝に顔をうずめる。

「ハヤト様たちの目的は帰還でしょう。そしてその旅は続くのです」

　別れる前提の旅なのだ。だからといってその別れは今なのか？

「この世界で貴族を敵に回してはなりません。私のためにそんなことをすれば、旅はさらに困難になるでしょう。ですから私の言葉は、今までありがとうと……」

　顔を上げたフレイアの目には涙が滲《にじ》んでいた。

「お願いですから、これ以上私に幸せを教えないでください」

「そっか」

　ハヤトは立ち上がり空を仰ぐ。

「きっと楽しい旅が続くと思っていた」

「きっと？」

「俺のきっとっていう言葉の裏には絶対以上の強さがある」

ハヤトはフレイアに視線を戻す。

「きっと俺には女神よりも世界に均衡をもたらす力がある。でも、目の前の女の子がそれを信じてくれないと始まらない」

「信じてますよ。私の勇者様ですから」

「でも今の俺の心は目の前の女の子と同じぐらい弱い。信じてくれるんなら、なんで本当の気持ちを言ってくれない？」

ハヤトは手を差し出した。フレイアが目を逸《そ》らすが絶対に手を引っ込めない。

「……本当は一緒にいたいです」

その手は握られなかった。フレイアがハヤトの胸に飛び込んできたからだ。

「いつか旅は終わるかもしれない。でも俺たちはみんなで楽しく歩きたい」

ハヤトはフレイアの体を抱きしめてやる。震えが完全に収まるまで待った。

「それにさ、フレイアの意見なんて関係なかったんだよ」

「え？」

顔を上げるフレイアの目を指でぬぐってやる。

「行こう、誰かがいじけてるから宿が取れなかった」

ハヤトはフレイアの手を引き小川沿いに歩く。

しばらくすると巨大な木々の影が見える。

亜人の樹だ。どの街でもお世話になった無料の宿泊施設。

その中の一本の樹の下で焚火《たきび》がたかれ、それを囲む三人と一匹の姿がある。

『おそーい。話し合いするって言ったじゃん』

チキがパタパタと飛んでくる。

「あの、みなさんはここで何を？」

「お金の計算よ。違約金を払わなきゃいけないからね」

ミナミが銀貨を手の平に平然と言う。

「……あの、たとえそれを払ったとしても、ネフェレの貴族の命令に背いたことになります」

「だから？」

フレイアの顔を覗《のぞ》き込《こ》んだのはミヨだ。

『セーラー服を売る話も出てたんだよ』

「いいのか、ミヨからアイデンティティが消えるぞ」

「フレイアと別れるくらいなら、裸で旅することを選ぶけど？」

きっぱりと言うミヨを前に、ハヤトはフレイアに耳打ちする。

「な、こいつを説得できないだろ？」

フレイアの目にまたもや涙が滲む。

「大丈夫だよ、私もウエイトレスで働くしさ」

ミュウがフレイアの頭を優しくなでた。

結論は初めから決まっていた。あとはどうするかだけが問題なのだ。

「わがままなことはわかってます。でも、やっぱり私はみんなと旅を続けたいです」

フレイアは涙を堪えながら本心を口にする。自由と困難をメンバーで分け合う決意をした。

感情豊かなミュウはぐすぐすと泣いてしまい、逆にフレイアに慰められている。

「じゃあ現実的なことを話し合いましょう」

ミナミがポンと手を叩いて議論を再開させる。

「相手方の提示は銀貨五十枚。ちなみに私たちの所持金は銀貨七枚と、銅貨二十四枚。この街の換金率でざっくりと銀貨八枚ということ。つまり払えないことを見越しての値付け」

「装備を売るか？　俺の剣とか」

特に価値がありそうなのはハヤトの剣だ。親衛隊のテアからもらった剣を売ればいい金になる。

「無理よ。それは友情の印に受け取ったものでしょ。エメラルド親衛隊の刻印も入ってるし、そういったものは買い取ってくれない。そして親衛隊を頼ることもできないわ。貴族と私たちの小競り合いに介入したらエメラルドが傷つくし、この街にもいないことになっている」

「じゃあ、闘技場で戦う？」

ミヨが木刀を握るが、そんなショーはここにはない。

「となると迷宮か？」

「それはハイリスクのギャンブルになる。最終手段にしたほうがいいわ」

だとしたら仕事だ。自分ができる仕事はどこかにないか？

ギルドの依頼のほとんどは迷宮関連のものだ。

迷宮に潜るには専用の装備が必要だ。少ない資金を投入し、探索が空振りに終わった場合は目も当てられない。こんなとき頼れる者がいないのはつらいところだ。

「ちなみに私はギルドで、ある依頼を見つけた。報酬は不明で依頼内容もあやふや。だからずっと手を付けられずに残っていたもの」

「そんな残り物の依頼を受けたって仕方ないよ」

「希望はあるかも。それにこれは君が受けるべき依頼」

ミナミが見せた依頼書にハヤトは目を見開く。

残っていた理由が分かった。その依頼は日本語で書かれていたからだ。

「……ナンバー6！」

二十年前に召喚されたハヤトと同じく勇者の祝福を受けし者、ナンバー6からの依頼書だった。

＊＊＊＊

それは実質的な指名依頼だった。

街外れの家に住む女性と接触せよとのシンプルな依頼。

ナンバー6はその依頼を五十年契約でギルドの壁に貼っていたらしい。

『こうして見ると住みやすい街だよね』

次の日の朝、ハヤトたち五人と一匹は依頼の場所に向かっていた。

街の中心部から外れると落ち着いた風景がある。流れる小川と揺れる木々に緑の芝生《しばふ》。

「元の世界に戻れなかったら、みんなでこんなところで暮らすのも悪くないかもなあ」

「そうですね」

横を歩くフレイアがくすぐったそうに返事する。

『あの建物じゃないかなあ』

チキが指さす方向に木造の小屋がある。

「頼むぞ、ナンバー6」

報酬はあの家主からもらえとのことだ。だが、ナンバー6は誰と会わせようと？

『本人がいたりして』

それはないだろうと思いつつも、この街でナンバー6の悪い噂《うわさ》を聞かないところが怪しい。

「あのバスケットコートを整備したのは彼らしいのよ。でも他に大した動きはなかった」

ミナミがギルドで調べたところ、ナンバー6の情報はほとんど手に入らなかった。

この街を通ったことは確かだが、やつはいったい何をしていた？

こぢんまりした小屋の庭には管理された花壇がある。

持ち主の清らかな心を表現したかのような、カラフルでいて繊細な空間だ。

薔薇《ばら》のアーチを潜って扉の前に立ち、一呼吸してからノックをする。

しばらく待つと、顔を出したのは一人の女性だった。

年齢は二十歳《はたち》くらい。顔立ちは整っており、服装もオーソドックスなこの街のもの。

「どなたでしょうか?」

女性がブラウンの髪を揺らして首をかしげる。

「この依頼を受けました」

ハヤトが依頼書を差し出すと、彼女は両手を口にあてて驚いている。

「……本当に来たんですね」

どういうことだ? 彼女はナンバー6のなんなんだ?

「こちらでお待ちください」

ハヤトたちは庭に案内され、促されるままガーデンチェアに座る。

『なんか魔力を感じる庭だねえ』

花が咲き乱れる庭を、チキが蜂と一緒に飛び回っている。

「お待たせしました」

彼女がハーブティーと一緒に運んできたのは一通の手紙だった。

「これが依頼主からの手紙です。依頼書を持ってきた人間に渡せと」

ナンバー6からの手紙だ。

ハヤトははやる気持ちを抑え、ハーブティーを一口飲んでから手紙を開く。

……この街にも来たぞ、ナンバー6。

この手紙を見ている者がナンバー7であることを望んでいる。
誰かわからない相手に書く手紙は不思議なものだ。
だが語れる相手がいるのは悪くないじゃないか。
だから少しばかり話を聞いてくれ。
この街はなかなかいいところだろ？　俺は少なくともそう思った。
そしてこの手紙を書いている今は、街に来てから三年が経《た》っている。

ハヤトは皆と顔を見合わせる。
三年。
ナンバー6は少なくとも三年以上をこの街で過ごしたのだ。
『なんだか少しずつ追いついてる気がするね』
そして二枚目に。

旅を続けねばならないとも感じていた。
だがどうしても心残りがあり、ずるずるとこの街にいついちまった。
その心残りがお前の目の前にいるであろう女性だ。
お前がどれくらいの年齢の彼女を見ているかはわからない。

名前はイグナ。

俺の娘だ。

「ええええええ！」

つい声が出てしまった。ごくりと唾を飲み込む音は手紙を覗くミヨだ。

「ご紹介にあずかりました。私はイグナ、そして依頼主は私の父です」

ナンバー6の娘が笑うと頬にえくぼができた。

……あいつこんな可愛らしい子供を作っていたのか。いやセレネの街でも亜人の娘がいた。

だがきっちりと人間の娘を紹介されるとやはり驚いてしまう。

『続行しろ、ほら！』

チキにせかされ最後の一枚へ。

旅は続けたいが娘は連れていけない。

その代わりに俺は財産を残してやろうと考えた。

そこで俺は森で偶然に発見した迷宮に潜った。

いろいろ端折《はしょ》るが、結果的に俺はエルフの伝説にある勇者の聖杯を手に入れた。

それをお前に渡すから、慎重に換金してくれ。

そして目立たないよう娘に金を渡してほしい。

その一割ぐらいがお前への報酬だ。

頼んだぞ。


「追伸。絶対に娘には手を出すな、お前の父にはなりたくないからな」

ハヤトは手紙を読み終わった。

『ナンバー6をパパって呼ぶことになったら大変だよね』

そんなことよりも聖杯だ。ナンバー6は迷宮に潜ったと書いてある。

顔を上げると、イグナは木箱を手に持っていた。

「俺と同じ苦労をしているだろう召喚者が来たら渡せと、父から言われました。よからぬ人間たちが集まるから、決して自分で処理をするなとも」

「あなたのお母さんは？」

「母は教会のシスターでした。私を産んだため十年という長い休暇ののちに復職をして、今は隣街のジュリア教会にいます。ときどき帰ってきて、あの人は今どうしてるかって話しますよ」

イグナは父に思いをはせながら箱をテーブルに置いた。

……この中に聖杯が入っているというのか。

箱は奇妙なモザイク模様だ。

『通称ゴルディアスボックス。箱自体がパズルのようになっており、間違った開け方をすると酸の入った瓶が割れて中身が傷むというシステムである。勇者の辞典より』

つまりこの箱自体が鍵となっている。

『つまり君のスキルで開けろってこと』

「いや、複雑すぎる」

見ただけで異様なパターン数があるとわかる。理解できるのは開けられないことだけだ。

「私がやるわ」

進み出たのはミナミだった。

「委員長は聖杯に興味があるの？」

「興味という観点ならば、聖杯は『今日の私の前髪』にも劣る。でも開けられたら……」

ミナミはフレイアに微笑みかける。

「フレイアの問題は解決する。そしてエルフとのコネもできるし、帰還に近づく」

「開けられる？」

「わからない。でも箱の中に希望があるのは確かなこと」

＊＊＊＊

残りあと二日。

ミナミのスキルで解析したが箱は開かなかった。まだミナミは箱にすら触れていない。ルービックキューブを極限まで複雑化したようなシステムを前に、観察することしかできていない。

「あと二日で開けられると思うか？」

『今の君には無理ってことだけはわかる。賢者がいたのは僥倖《ぎょうこう》だよ。可能性があるから』

ハヤトはミヨと花咲く庭のベンチに座っていた。

先ほどまで装備の買い取り額を調べていたが、思ったより値段がつかなかった。この街で求められているのは迷宮探索用の装備であり、異世界の制服という珍しさでの金額の加算はない。

「逃げることはできる？　そして辺境の街でこんな家を建ててみんなで暮らすの」

ミヨが消極的なのか乙女《おとめ》的なのか判断に困る発言をする。

『無理だって。貴族を敵に回しちゃいけないから。といっても聖杯には期待しないほうがいいかもよ。君があれくらいの箱を開けられるくらい成長したら、聖杯返還もうまくやるだろうみたいな計算が込められてると思う』

「実は父のことはあまり覚えていないのです。私がまだ小さかったときに姿を消しましたから」

イグナが淹《い》れてくれたハーブティーには、彼女のお手製のジャムが入っている。

……ベリーの濃厚な香りに乱れた心が落ち着いていく。

彼女はそれほど聖杯には興味がない様子だ。ナンバー6が迷宮に潜ったときの副次的な財宝もあり、現在はジャムを作り街で売ってのんびりと暮らしているという。

「ただ、預かった箱を開けたいという気持ちはあります」

ハヤトも彼女のために開けてやりたい。が、同時に巻き込んでいいのかとの葛藤もある。箱を開けるのはフレイアを助けるためだ。ナンバー6の娘の気持ちにそんな異物を入れていいものか。

……いや、今はそんなことを言っている場合じゃない。

「他に何かヒントはないのか？　ナンバー6、いやお父さんについて何か覚えていることは？」

「元の世界の大学で考古学を勉強していたとか。ボール遊びをしてくれたり、歌を教えてくれたりしたことなら覚えていますが……」

あいつはこの世界で、一時的ながらも家庭というものを築いたのだ。

「よかったらその歌を聞かせてくれないかな」

頼むとイグナは複雑な表情をした。

「故郷の歌を久しぶりに聞きたいんだ」

「わかりました」

ハヤトがが頼むと、イグナは大きく息を吸い込み深呼吸した。そして……。

「ほーめて伸ばしてー、そして私をいっぱい甘やかしてー……」

歌が始まりミヨが目を逸らす。

恥ずかしいのは歌だけではなく振りつけもだ。錆《さ》びついたロボットダンスというか、初心者の盆踊りのように左右に体を動かしながら歌っている。

止めるべきか迷ったが、ここはもう少し待とう。どこかでピークがあるはずだ。そしてミヨがこの歌にビートを感じている可能性もある。

「……おートーキョー！　乗り換え複雑トーキョーメトロ遺跡！　まるで迷宮のよう右に曲がって左に曲がって目的地！」

三分間を耐えたが歌はまったく盛り上がりを迎えずに終わった。そもそも歌詞の連続性がまったくない。得られるものがない空虚な三分間がここに存在した。

「なんで止めなかったの？」

ミヨがハーブティーを飲む振りをしながら無茶《むちゃ》を言う。

「父の世界ではこんな歌が流行《はや》っていたのですね」

「ちょっと最先端すぎるかもしれないけど」

イグナを傷つけないよう慎重に言葉を選んでやる。

とにかくわかったことは、これ以上ここにいても意味がないということだ。

「何も金貨何百枚を手に入れる必要はない。たった銀貨五十を稼げばいい」

そうすればフレイアの違約金は払える。ナンバー6との約束はその後でいい。

ミナミが間に合わなかった場合のプランBを練っておくべきだ。その伝手《つて》はある。

『あれをやるつもり？』

「ああ、そうだ。俺にはそのためのスキルがある」

＊＊＊＊

「カーゴは野生の鳥で人に懐かなかった。しかし初代勇者が森から連れてきたカーゴは特別だった。人を怖がらずとても頑丈だった。その鳥はこの街に残され『シュバルツ』と名づけられた。そのシュバルツの血統からすべては始まったのだ」

ハヤトの前で熱く語っているのはルイージ卿だ。

「そして今のレースの形式ができたのは君たち召喚者のおかげだ。王都では毎月姫君の宝石名を冠するレースが行われる。今月はトパーズカップだったかな。私はそのプリンセスカップで栄誉を受けることが夢だ。さらには最高峰のダイアモンドクイーンカップを……」

「あの、そろそろ出走時間なので」

ハヤトはダチョウをずんぐりとさせたような鳥に乗っていた。

ここはカーゴのレース場だった。今ハヤトがいる場所は出走カーゴの準備スペースで、ミゼットたちが準備に走り回っている。

「このカーゴはこれが初レースだが、君の力で勝たせてやってほしい」

オープンスペースとはいえ、こんな場所まで降りてくるとは熱狂的なことだ。

「じゃあ、私は席から観戦しているよ」

ルイージ卿が軽い足取りで観戦席まで戻っていく。

深呼吸をしてからレース場へ出ると熱狂に包まれた。時刻的なものかそれほど観客は多くない。だが人々の眼差《まなざ》しは熱い。ここは勝負に一喜一憂する刹那的空間だ。

「ハヤト様、怪我《けが》しないでください！」

フレイアが観客席で心配そうな眼差しを向けている。隣のミヨは何かを食べていた。

カーゴレース。

とにかくルイージ卿の力添えで、カーゴの騎手という仕事を与えられた。

レースにおいての騎手の賞金は正当な報酬だ。それで金を稼いでやる。

『ミナミは反対してたよ。余計なことをしないほうがいいって』

「お互いに自分がやれることをやるだけだ、それより助言を」

『できるだけ後ろに体重をかけて。カーゴは翼でバランスを取るから足を引っかけないようにね。馬に比べたら軽いんだからリズムを合わせることが大切』

八羽立てのレース。騎手の服装は自由だが、与えられたナンバーの色を装着する。

白黒赤青黄オレンジ緑ピンクの八色だ。

『第一レースだから大したカーゴは出てない。そのぶん賞金も低いけどね』

ハヤトはグリーンの腕章とゼッケンをつけてどうにかカーゴを乗りこなす。馬より小柄で安定感に欠ける。力ではなく技でコントロールしなければならない。

『昼過ぎの特別レースに出て勝てれば、賞金として銀貨八十枚が手に入る。二位でも四十枚』

「そのレースで二位以上になればいいのか。四十枚あればなんとかなる」

そうすればフレイアの憂慮は取り除くことができる。

『特別レース出走にはある程度の実績が必要。累積三十勝とか、出場レース百以上とかね。ただ、運というか流れを重要視している部分があって、当日のレースで連勝すれば特別レースに出られる』

その特別レースまでに三つのレースがある。

ハヤトの目的は三連勝だ。

『カーゴは馬よりも扱いが難しいから気をつけて』

「案ずるな、俺の馬券を買っておけ」

『払い戻しはルイージ兌換《だかん》硬貨だから意味がないよ』

ルイージ硬貨とはルイージという街が独自に発行しているもので、王国の貨幣と換金できるものの時間がかかってしまう。ルイージのような大きな街ではそのような独自通貨の発行が認められている。

ハヤトはパドックスペースでカーゴを操りながら操作の感覚を学習する。

『騎乗』と『身体強化』そして『高速思考』スキルの並列使用だ。

周囲を確認すると騎手は若い男や子供ばかりだ。ウエイトは軽いほうが有利なのだ。そして基本的に午前のレースは新人が多い。

……勝てる。こっちにはスキルというアドバンテージがある。

本馬場ではミゼットたちが木材で作ったゲートを用意している。

ハヤトは自らの呼吸を整える。コロッセオではもっと視線が集まっていた。それに比べれば命もかかっていないこの単純なレース。……だが負けられない。

観客席ではハヤトのために祈るフレイアがいる。そんな彼女のために勝利を。

八羽のカーゴがゲートに入れられる。鳥も騎手も初心者のためか、なかなかゲートに収まらない。

そんな中でハヤトのゲート入りはスムーズだった。

『いい感じだよ。そのまま呼吸を合わせて』

チキはハヤトの肩にしがみついている。妖精持ち込み禁止のルールはない。

八羽がゲートインした瞬間、号砲が鳴った。

同時にハヤトは手綱を操作しスタートダッシュに成功した。

上下に激しく体を揺らしながら走る。一レース目は直線の短距離勝負だ。

『右のカーゴ！』

迷走したカーゴが突っ込んできたが、ハヤトはそれを冷静にかわす。が、その動作でわずかにバランスを崩し内側に。

「くっ」

内ラチを蹴ってどうにか方向修正。そのときの位置は二番手だ。体勢を立て直して加速する。

ほぼ同時にゲートを駆け抜けたハヤトは右手を上げた。

『高速思考』スキルの影響ではっきりと勝利が確認できた。頭差での一着だ。

「やったあ！」

フレイアがミヨの手を握って喜んでいる。そのままウイニングランだ。

「さすがスキルだな」

降り注がれる歓声に興奮する。このレース場では観客は勝者を称《たた》えてくれる。

ここは残虐な結末など求められていない健全な場所だ。

カーゴから降り、額の汗をぬぐう。顔を上げると貴賓席から拍手をする姿が見えた。

ルイージ卿が笑顔でハヤトをねぎらってくれていた。

強引にレースにねじ込んでくれた彼には感謝しかない。

『勝者は次のカーゴを選べるシステムだよ』

ルイージ卿の所有するカーゴを選ぶ。水分補給などをしているとあっという間に次のレースだ。

二レース目はレース場を二周する長距離走。

序盤はリードを許したが、ハヤトは最後の直線でまくって一位を勝ち取った。

そして運命の三レース目は障害レース。

コース上に障害物が設置されて、カーゴとリズムを合わせて飛び越える。さすが森の鳥だけあって身軽だ。この程度の障害などは簡単に飛び越えられる脚と翼を持っている。

カーゴの操作にも慣れてきたハヤトは、圧倒的な一位でゴールを駆け抜けた。

観客席に右手を上げるとフレイアが安堵したように笑う。その隣ではミヨが悔しそうに何かを投げ捨てていた。……あいつ馬券を買っていたのか。そしてハヤト以外に賭けていた。

『とにかくやったよ！』

チキが叫ぶ。貴賓席のルイージ卿も立ち上がって興奮している。

『これで特別レースに出られる。ネフェレ友好記念カップだって』

ネフェレの貴族が友好のために資金を出し創設したレース。

「ネフェレって、あれだよな」

因縁《いんねん》の街の名が冠されたレース。……いや、今は余計なことを考えるな。

少し時間があるので待機場に入り、まずは水を。いや、体重は軽くしたほうがいい。

鳥はルイージ卿所有のカーゴを選ぶ。このレースの出走鳥の中では一番いいカーゴだと断言していた。これに乗ることができれば勝ったも同然だ。

「頑張ってくださいね、七番目の勇者様」

カーゴを管理しているミゼットが声をかけてくれる。

馬具などに細工などはされていない。ここはホームなのだ。

「長距離でいて障害物があるので序盤は飛ばさないほうがいいです」

「うん、ありがとう」

ミゼットにお礼を言って騎乗する。記念レースなのでグリーンのシャツを上に着る。

「これに勝てば、聖杯の箱を無理に開ける必要はなくなる」

『そういうことを考えないほうがいいよ。今はレースに集中を』

チキの警告と同時にファンファーレが鳴り響く。

「賞金八十枚。五十を払っても残り三十。豪遊しようぜ」

ハヤトはカーゴにまたがりレース場に出る。

観客の歓声が豪雨のように降り注ぐ。観客席はもう満員だ。

『発電できそうなぐらいドキドキしてるよ。精神強化を使えば？』

ハヤトの鼓動にチキが驚いている。

「それに回す余裕はない。それくらい乗り越える」

騎乗しながら魔物と戦ったときと比べると、しょせん安全が保証されたレースだ。

八羽の鳥が出そろった。

特別レースだけあり、どのカーゴも歓声に動じない。そして騎手たちもそれを生業《なりわい》としているプロフェッショナルばかりだった。その立ち居振る舞いを見てわかる。

「まずいな……」

ハヤトの乗るカーゴの能力は高い。だが騎手としてはスキルで底上げした程度だ。

『とにかく二位以上になればいい。四番の青が大本命。それをマークして』

ひときわ優雅なカーゴがいる。その騎手と目が合った。

「え？」

「ふふっ、私がこの街に来たのはこれも理由なのよ」

騎手はあの女性だった。ネフェレから来た冒険者のデジー。

彼女はポニーテールを揺らしながらカーゴと呼吸を合わせている。

『ネフェレの所有するカーゴよ。まさか騎乗するとは』

チキも今さら気づいたようだ。この妖精は思った以上に人の顔を覚えるのが苦手だ。

……勝てるのか。勇者ギフトをそこまで信用していいものか。

そんなことを考えると視界が揺れる。連戦での疲労がここで出てきた。

（落ち着いて）

揺れる視界の中で目が合った。ミヨの唇の動きはここからでもはっきりとわかる。

（そして、死んでも勝って）

ミヨがプレッシャーをかけてくる。

それでも落ち着きを取り戻し、そのまま流れるようにゲートに入る。

内側の青いコスチュームのデジーがちらりとこちらを見る。

「勇者様と走れるのは光栄よ」

デジーは不敵な笑みを浮かべている。身のこなしでカーゴ乗りのプロだとわかる。

ハヤトは目を閉じカーゴと呼吸を合わせた。

集中すると周囲のノイズが消えた。そして感じるのは自分の心音だけ……。

ゲートが開いた。

ハヤトのスタートダッシュが決まった。

『ナイス！』

まずはいい位置を取れた。だが、それ以上にいいスタートダッシュを決めた鳥がいた。

デジーだ。四番の青が無駄のないスタートを決めた。

そのままハヤトは四番の後ろにつく。

『ペースが速すぎる。長距離だからペースを保って！』

ハヤトは指示に従いカーゴを制御する。そうだレースは長い。

すると青の四番もスピードを落とし、後ろにつけていたハヤトもずるずると下がってしまう。

『今度は遅い。マークを外したほうがいい』

インにはカーゴの集団が形成されている。なのでアウトから青を抜かそうと手綱を捌《さば》く。

そのとき、こちらに鳥を寄せてくる者がいた。
黒の二番。人気薄でマークをしていなかった伏兵だ。
ひときわ巨体のカーゴには全身黒装束の男が乗っている。
鳥同士が接触し、ハヤトがバランスを崩す。
「こいつ……」
一瞬だけ『高速思考』を切断し『魔力感知』に切り替える。
感じ取ったのは悪意と血の匂い。
……この男はプロだ。たかだかレースのプロじゃない。戦闘のプロがまとう生臭さ。
ぎらつく濁った瞳が向けられている。
「貴様がご高名な七番目か。なめるなよ、こっちを」
再び二羽が接触する。こんどは軽い衝突ではなくクラッシュだ。
『立て直して！』
チキに言われるまでもなく立て直す。相手のカーゴはでかいだけで動きは遅い。
……このままアウトコースにズレてから抜き去ってやる。
そして集団は砂煙を巻き上げ第一コーナーに差し掛かる。
「え？」
ハヤトはがくんとバランスを崩した。アウトコースに出られない。
『下を！』

はっと見ると、黒の騎手の足がハヤトの馬具に引っかかっている。

違う、引っかけている。

『フックだ！　反則行為だぞ！』

抗議するチキをよそにハヤトは必死でそれを外そうと試みる。やつの靴についたフックがこちらのカーゴを固定していた。そのまま猛スピードでコーナーに突入する二羽。

「ぐっ」

ハヤトは騎手からの肘打ちを胸に食らって悶絶《もんぜつ》し、カーゴとのリズムも激しく乱れた。

『前！』

アウトコースの柵が迫る。

「くそっ、外しやがれ……」

ハヤトは馬具に食い込んだフックを足で蹴る。

「外してやるよ」

黒の騎手が急カーブしながら手綱を引く。同時にフックが外れた。

だがハヤトは遠心力の勢いそのままにアウトコースの柵に突っ込む。

手綱を操るがコースを変えることは不可能だった。

「ハヤト様ぁ！」

歓声の中でフレイアの悲鳴が聞こえた。

柵の激突を避けてカーゴが跳び、そのままの勢いでハヤトはカーゴに振り落とされた。観客席に飛び込み全身を打ちつけるハヤト。薄れる意識の中で、コースを走り去るデジーの後ろ姿と「この中に誰かお医者様はいらっしゃいませんかー」のセリフを初めてライブで聞いた。

＊＊＊＊＊

「あいつ、絶対に許さねえ」

治療室のベッドの上でハヤトは憤っていた。

「大人しくしてください」

そんなハヤトを治療しているのはフレイアとミュウだ。

「次の作戦を考える」

頭に包帯を巻くフレイアを制して言う。

「いや、まずは治療して。傷だらけだよ」

ミュウがハヤトの服を脱がしながら焦っている。

「この人、病院嫌いなの」

ベッドの横でミヨが腕組みをしながら突っ立っている。ちなみにチキはミナミに会いに飛んでいった。あいつのことだ、失態を脚色してミナミに報告することだろう。

「治療してる時間なんてない。委員長だけに頼れない」

立ち上がろうとしたが、強い力で押さえつけられる。

ハヤトの背後で両脇に腕を入れてがっちりホールドしていたのはミヨだった。

「とりあえず、すませちゃって」

ミヨの指示に、フレイアとミュウが治療を続ける。

「放せミヨ、このぐらいは怪我には入らない」

学校の部活動でも怪我は日常茶飯事だった。

「だからまずは作戦を――」

口がふさがれた。ミヨがハヤトの顔にフレイアの胸を強引に押しつけたのだ。

「黙って」

その感触に体の力がへろへろと抜けてしまう。パブロフの犬状態だ。

「あ、あの……」

「今のうちにミュウが処置して」

困惑するフレイアを無視してミヨが指示を出す。

「わあ、足が傷だらけだよ」

ズボンを脱がせたミュウがため息をついている。

「あっ」

ハヤトはうめいた。ミュウの治療法は亜人ならではの癖がある。薬を塗る前にペロペロと傷口を舐《な》めてくれる。悪気はないのだが、それをやられるたびに全身に刺激的な電気が走る。

抗《あらが》おうとしたが、ミヨによってフレイアの胸にさらに押しつけられる。抵抗するほどに胸の感触が直《じか》に顔に伝わる。

「動かないで、ください……」

ハヤトの頭を抱きしめるフレイアの呼吸が乱れている。

「わかった。抵抗しないから離れてくれ」

このままだとまずいことになる。

「駄目です、ハヤト様はこういうときは嘘《うそ》をつきますから」

フレイアが自らの体を犠牲にしている。

下半身に血液が集まっている。つまりこんな状況で興奮していた。

レースでの気持ちの昂《たかぶ》りが冷めてない。そしてスキルを使いすぎた。そういえば最後に処理をしてもらったのはいつだ？　勇者の呪いという制約をだいぶ放置していた気がする。

「あー、なんか腫れてるよ」

ミュウがハヤトの下半身に気づいてしまった。

「ぶつけちゃった？　とりあえず見てみるね」

この子はなんて純真なのか。怪我の心配をするあまり男子の体の構造を忘れている。

「……絶対に治療を受ける。だからミヨは出ていってくれ」

ミヨに懇願したが腕を外してくれない。

「見てないから大丈夫」

ミヨがまったく信用できないセリフを吐き、同時にハヤトの下着がずり下げられた。

「わっ」

ミュウは驚いたあと、しばらく沈黙して「あ、そっか」と納得している。

「男の子だからしょうがない」

やはりミヨは目を閉じていない。せめてフレイアには見せないよう、しっかりと体を抱きしめる。

「きゃっ」

お尻をつかまれたフレイアが声を上げ、さらに胸が押しつけられる。

「あ、こっちにも血が……」

治療を再開したミュウが下腹部を舐める。

まずい、このままでは……。

「目を閉じてるから安心して」

ミヨに耳元で囁《ささや》かれ、ついに限界に達した。

ミュウの悲鳴を聞きながらハヤトは果てる。勇者の呪いに抗えなかった。

……この屈辱。

絶対に晴らしてみせると、ハヤトは快楽に身を委ねながら誓った。

＊

フレイアの違約金の期限まであと数時間。

ハヤトはルイージのカジノにいた。

シンプルなドレス姿のデジーが、目の前で足を組んで座っている。

「決断はつきましたか勇者様？」

「金はなんとかする」

カジノエリアで話し合いが持たれていた。この街にギャンブル施設ができたのは迷宮の発見と同時だ。多くの冒険者が流れ込み、金のやり取りに熱狂している。

「昨日のレースは残念だったねえ。運が悪かった」

「あいつ、あんたの仲間だろ」

勢いよく立ち上がったハヤトは、めまいを感じてふらついてしまう。

「気をつけてください」

横にいたフレイアが支えてくれる。まだ包帯でぐるぐる巻きの無残な姿だ。

結果的にレースは本命の青、デジーのカーゴが勝利した。

あの黒の騎手はネフェレが用意した刺客だったのだろう。

フロアの出入り口に目をやると、ミュウが入ってきて首を振った。

『まだみたいだね』

チキがため息をつく。頼みの綱だった聖杯。ミナミは未だに開けられていない。

あまりに複雑すぎて、ミナミの賢者のスキルでも歯が立たない。

「ハヤト様。ここまでやっていただいただけで充分です。私は役目を果たして、そして契約が終わったらあなたを追いかけます。だから……」

「これはフレイアだけの問題じゃない」

ハヤトはその言葉を遮る。ネフェレの貴族がフレイアにこだわった理由は別にある。

それはハヤトへのプレッシャーだ。今後も圧力をかけ続けるぞとの威嚇。

だとしたらここで逃げたら追われるだけになる。刺さった棘《とげ》は抜かねばならない。

……そして後ろ盾が必要だ。個人でやるには限界がある。

酒を持ったバニーガールが近寄ってきたが断る。あのコスチュームも召喚者が持ち込んだものだろうか。デジーは銀のカップを受け取った。

「ねえ、せっかくのカジノじゃない。少し遊ばない？」

食いついてきた。……だが、ここは感情を制御しろ。

「悪くないな。まだ時間はある」

「でもね、このカジノは幸運の妖精を連れての遊びはご法度なのよ」

「チキ、外に出ろ。イカサマを疑われたら面倒だ」

『ねえ、馬鹿なことしないでね』

カジノから出ていくチキを見て、デジーが口角を上げた。

「ブラックジャックは？　それともルーレットでもやる？」

「いや、あんたとサシで勝負したい」

残った方法はこれしかなった。その金で違約金を払い、勝負でも叩きのめす。

「危険ですよ。イカサマの方法はこの世界にはいっぱいあります」

フレイアが警告する。

「そうだよ、したのがバレても犯罪よ」

駆け寄ってきたミュウも止める。

「勇者のスキルには心配性ってのがあるの？　じゃあこのダイスはどう？」

デジーがテーブルに転がしたのは真鍮《しんちゅう》のサイコロだ。一《ピン》の目に王国のマークが入っている。

――王国ダイス。

チキがいないので解説してくれないが話には聞いていた。この王国のマーク入りのダイスを使ってのイカサマは重罪と、王室が公言している。どんな些細《ささい》なゲームでも反則は重罪となる危険でいて正しいダイス。

「私が振り、あなたが偶数か奇数かを当てるのは？」

「悪くない」

「掛け金はお互いこのテーブルに載せてはっきりと提示する」

デジーは酒を飲み干すと、脇のテーブルに空いた銀のカップを置いた。

ハヤトの横にも同じサイズのテーブルがある。

「オッケー。俺はこれを賭けるのはどうだ？」

ハヤトはテーブルに紋章入りのパレットを置いた。

「王室香道師範の弟子の証《あかし》。金貨以上の価値がある」

「そういうのはいけない。あくまで現金、せめてお互いに価値を認めるもので」

ハヤトはパレットを引っ込めた。もともと賭ける気はなかった。ナイル先生の後ろ盾があると知らせる意味もあったが、デジーの表情に変化はない。

「ただ認めてもいい。金貨十枚の値をつけてあげる。ただし買い取りじゃない。あくまでチップとしての値をつけてあげるってこと」

「いや、弟子の証は賭けない」

これは大切な先生との絆《きずな》の証だ。

「パフュームハンターの弟子ならば香木を賭けたら？　値を認めてもいい。ただしテーブルに載るものだけ。いくらでも積んでいいけど、落としたらその時点で失格とする」

「やめておくよ。ギャンブルは常に現金だ」

これはゲームだ。命のやり取りではなく現金という数字をやり取りする戦い。

ハヤトはテーブルに銀貨七枚を置く。ほぼ手持ちのマックスだ。

「正午の期限まで暇だろ。遊んでやるよ」

「ハヤト様……」

ハヤトは心配そうなフレイアを制してあえて挑発する。

「決まりね」

デジーも自分のテーブルに銀貨七枚を置いた。

「じゃあ私が振らせていただくわ」

デジーは中央のテーブルにダイスを転がし、素早く銀のカップをかぶせる。

『高速思考』『演算』スキルが作動した。

たった銀貨七枚のギャンブル。デジーが緩んでいる瞬間を見逃さなかった。

おそらく出目は王国マークのピン。つまり奇数。

「俺の出目の予想を言う」

スキルの使用はイカサマじゃない。

「その前に……」

デジーがハヤトを制して、金貨を一枚テーブルに載せた。

「レイズ」

その言葉にフレイアが真っ青になる。

「それはひどいです。こっちが持っていないと知っているのに！」

「いくらでもテーブルに積んでいいと私は言った。口約束でもルールなのよ」

デジーが冷笑する。ハヤトたちの財力を知り、初めから勝負する気はなかったのだ。

ハヤトが金貨を一枚積めなければ降りるしかない。この時点で銀貨七枚の負けとなる。

「言葉には気をつけなさい。じゃあこの勝負はここまでと……」

「レイズ」

ハヤトが金貨を一枚テーブルに置くと、彼女が顔が曇らせた。

「俺も金貨ぐらいは持っている」

「じゃあ、なんで違約金を払わなかったの？」

「答える必要はない」

「……じゃあさらにレイズ」

デジーが金貨十枚を上乗せした。

「俺もレイズ」

ハヤトも金貨十枚を置く。それを見たミュウが硬直している。顔にすぐ出るミュウは、なんでこんなにお金を持っているのかと驚いている。

異様な雰囲気に人が集まってきた。……いいぞ、衆目の中で叩きのめしてやる。

「こっちもさらにレイズよ」

デジーは金貨を載せながら、従者のミゼットに耳打ちする。金を持ってこさせるようだ。

やはりこの女は実質的にネフェレの貴族と繋がっている。

「俺も同額をレイズする」

「私は手形をレイズしていい？」

デジーがテーブルに紙を載せる。値段を書いた小切手のようなものだ。

「それは認めない。ネフェレ卿が認めようとも俺は認めない」

舌打ちをしながらデジーが手形を回収する。

「レイズするなら丁寧にテーブルに置け。落ちたら失格と自分で言っただろ？」

乱雑に金貨を載せるデジーに忠告してやる。

そんなやり取りの中でミゼットの従者が袋を抱えて戻ってくる。

「百枚をレイズ」

テーブルに金貨を積み、デジーがにやっと笑う。

視線を横にやると、革袋を持ったミヨが立っている。

「百枚。さらにもう百枚レイズ」

ハヤトはミヨから受け取った袋から金貨を取り出し、一枚ずつ丁寧にテーブルに置く。

「まさか、ルイージ卿が？」

デジーが声を漏らす。

「答える必要はない。だがあんたはやりすぎた。あの人はカーゴレースに入れ込んでいる。反則まがいでレースを汚《けが》したことは許してないぞ」

デジーの推測どおり、この資金はルイージ卿から借りたものだ。

ギャンブルの借りはギャンブルで。その条件だったら金を貸すとの確約を得た。

「そっちの上限は知っているぞ。王道経由でこの街に来たんだろ。基本的に運べる上限が決まってるらしいな」

その推測からすると相手の掛け金は五百枚が上限となる。

「このギャンブルはおかしい。無効にしてもらうわ」

「……それは困るな。せっかくのショーじゃないか」

声はルイージ卿。彼はいつの間にか椅子に座ってこちらを見ていた。

この強引なサシのギャンブル。それを成立させるためには後ろ盾が必要だ。

個人で貴族を相手にするには分が悪いからだ。

「降りろ。あんたの負けだ。今なら金貨百とちょっとの損失ですむ」

これはハヤトが勝つために丁寧にセッティングしたギャンブルだ。

「ネフェレとの友好関係はどうなるの？」

「私は介入していない。それに君もギルドの依頼を受けただけなのだろう？」

ルイージ卿は笑顔でかわし、あくまでハヤトとの関係を否定する。

彼のカーゴへの情熱は本物だ。血統の研究を重ねてカーゴを量産し、王都にも献上するほどだ。

「介入していないのね。だとしたら信用しましょう。今から妙な動きをすれば私たちにも考えがありますよ」

デジーが強めの言葉を投げる。

「ああ、私はただの観客だ」

それを聞いたデジーが取った行動はレイズ。さらに金貨を積んでいく。

「いいのか、あんたは俺の罠《わな》にはまってる」

それから金貨をテーブルに積むというシンプルな勝負が始まった。

「ねえ、ハヤト……」

顔面蒼白《そうはく》のミュウが大量の金貨を前に震えている。

「ミュウは下がってろ。金貨が落ちたら困るから」

ハヤトは『精密作業』スキルを駆使して金貨をきっちりと積み重ねる。

「…………」

ルイージ卿の額に汗が浮かんでいる。

すでにお互いのテーブルには五百枚の金貨。

「ルイージ卿、合図とかも厳禁ですよ」

デジーは彼をけん制しながら積んでいく。

「何かがおかしいです」

フレイアが耳打ちした。ここまでの展開はフレイアにも教えていた。

もちろん反対されたがそこは押し切った。必ず勝てると。

「もう予想上限の五百枚を超えています」

「落ち着いて、問題ない」

ハヤトは小さく息を吐く。……問題はないはずだ。

「六百と五十」

デジーが不敵な笑みを浮かべた。

ミヨが目配せをする。ルイージ卿から借りた金貨が底をついたという合図だ。

「相手を見くびりすぎよ。ギャンブルというのは常に不安定」

ハヤトは無視して金貨をきっちりと積むことだけに集中する。

「あきらめなさい。いくら綺麗《きれい》に積んだところで意味がない」

ちらりとルイージ卿を見たが、彼は目を閉じている。これ以上の借金はこの場では無理だ。

ハヤトは自分の限界の六百枚をすべてテーブルに載せた。

「さあ、そちらのレイズは？」

デジーが勝ち誇ったようにハヤトを向く。

「どうしたの？　地震がきてテーブルが倒れるのを待っているの？」

周囲の観客が歓声を上げる。勝負がついたと察したようだ。

勝負に見入っていたバニーガールたちも持ち場に戻っていく。

彼女たちにとっては客が金を一瞬で失う光景は日常なのだ。

そんなバニーガールの中で持ち場に戻らず、金貨の山に視線を向ける者がいた。

空のグラスを載せたトレーを片手に微笑むその彼女。

「レイズ」

三つ編みを払う仕草をしたのはミナミだった。

バニーガールに変装し、カジノに紛れていたミナミがこちらに近づいてくる。

「こちらはさらに千枚」

その言葉に周囲の観客が唖然《あぜん》とする。

当然だった。ミナミの持つトレーには空のグラスだけで千枚の金貨など載っていない。

ハヤトはミナミを抱き上げると、金貨で作った椅子にそっと座らせた。

ぐらりと揺れたが金貨は一枚たりとも落ちない。きっちりと積んだ甲斐《かい》があった。

「その千枚はどこにある？」

デジーがミナミを指さす。

「彼女自身に価値がある」

「その女が？　認めるわけないでしょ」

呆《あき》れたように両手を広げるデジーに、ミナミが一枚の紙を差し出す。

「あなたが届けてくれたネフェレ卿からの手紙よ。私を金貨千枚で買い取ると明記されているわ。つまりお互いに千枚の価値があると認識をしている。墓穴を掘ったわね、ネフェレからの人」

ミナミの行動に、フレイアとミュウが腰を抜かしている。

デジーはレアルのギルドで、ミナミにこの手紙を直接渡した人物なのだ。

「この異世界一の私の笑顔を金貨千枚としてレイズ」

ミナミの微笑みを前に、デジーは押し黙ったままだ。確実にこれだけの金貨はこの街に持ち込めていない。たとえネフェレの貴族の後ろ盾があったとしてもだ。

「これで俺の、俺たちの勝ちでいいな」

……頼む。これで勝利となってくれ。

ハヤトは平静を装いつつも背中はぐっしょりと濡れていた。勝てると思っていても重圧がすごい。今にもプレッシャーに押しつぶされそうで体が震える。

そんな重圧の中でもミナミは金貨の上に平然と座っている。

「勝負は始まる前から決まっているのよ」

その言葉にデジーが笑った。たがが外れたような笑いだった。

そんな彼女を見たルイージ卿も、くくっと笑い声を漏らす。

「あなたの言うとおり勝負は始まる前から決まっていた。私たちはこの手を予想していたのだから」

デジーはルイージ卿に近づくと、自分の体を押しつけてみせた。

「そういうことだ。貴族の横の繋がりは深くてね」

ルイージ卿はデジーの体を抱きしめながら高笑いした。

「さあ続けようじゃないか。こちらもさらに千枚レイズだ」

ルイージ卿はデジーサイドのテーブルを指さす。

ここでハヤトははっきりとルイージ卿の裏切りを悟った。思えば最初からだった。

初めから味方のふりをしてハヤトに近づき、カーゴレースにも協力した。そして目の前でレースを汚したと悔しがってまでみせた。……すべてはこの一手のために。

目的は賢者のミナミ。そのためにルイージ卿もネフェレに協力した。

「ひどい、そんなのおかしい！」

フレイアが叫ぶ。

「大声で金貨を崩すつもり？」

金貨が積まれていく。ルイージ卿が敵に回ったのだ。相手の上限はほぼ無制限と言っていい。

デジーがテーブルに金貨を積み上げていく。タイムリミットが近づく。

ハヤトは周囲を見回す。向けられる視線は同情と哀れみ、そして敗者への嘲笑だった。

「ネフェレの領主さんは賢者をたいそう気に入ったと。これでその子は側室に。七番目はこの負債を地道に返していくことになるわ」

視界の揺れは足の震えだった。盤石に積んできた金貨の山が今では砂上の楼閣だ。そんな椅子にミナミは掛け金として座っている。

ミナミが持つトレーも揺れている。それ以上動くと崩れる……。

立ちつくすハヤトは観客に紛れるある人物を見つけた。

「……なあ」

ハヤトはその女性に駆け寄る。青髪にウサギの耳。スーがバニーガールの格好で紛れ込んでいた。

「やめて、私に関わらないで。今は諜報活動中なのよ」

ジェシカの怪我が理由か、親衛隊はまだこの街に残っていた。

「頼む、金を貸してくれ」

ハヤトは彼女に懇願する。

「馬鹿を言わないで。私たちエメラルドは関与しない」

スーは冷たい視線を返す。

「必ず倍にして返す」

「あったとしても貸すわけないでしょ。この結末はあんたたちの浅はかさ」

そんなやり取りを楽しそうに見ているのはルイージ卿だ。

バニーガールにまですがるハヤトを見ておかしそうに笑っている。そうだ、こういう男なのだ。

金で破滅する人間を見て快楽を得ている。

「もうすぐ積み終わりますよ」

すでにリラックスムードのデジーは、軽口を叩きながら金貨を積んでいる。

ハヤトの絶望の声を聞きながら、決着までのカウントダウン。

「遅いけど忠告をする。ギャンブルをするならば公平なるジャッジ役が必要よ。たとえあんたが勝ってもなかったことにされる。勇者の祝福など貴族にとってちっぽけなものなのだから」

スーは首をすくめて、ハヤトに一枚の金貨を差し出した。

「手切れ金。さようなら、もう会うことはないと思う」

スーはすがるハヤトの手を無慈悲に振り払った。

ハヤトは探す。助けはまだか？　もう時間がない……。

「これで千枚をレイズよ。それであなたのコールは？」

デジーの勝ち誇った声が響く。

ハヤトはテーブルに歩み寄り、スーから借りた金貨一枚を載せた。

そして頭上を仰ぎ、見た。希望の蝶《ちょう》。光り輝くその姿。

舞い降りたのはチキだった。それを見たミナミがにこりと微笑み、言った。

「レイズ」

「妖精は認めない」

すかさずルイージ卿が遮るが、ミナミはトレーを右手でかかげてみせた。

「レイズするのはこのカップ」

トレーにはガラスや金属のカップが載っている。

それらの中に紛れていたのは……あの箱だ。

聖杯が入っているというナンバー6の箱。

「迷宮の聖杯は俺がすでに手に入れた。その聖杯をレイズする」

ハヤトはルイージ卿に向き直った。

「聖杯だと？　……馬鹿な」

「認めなければ、神聖なる聖杯が傷つくことになる」

「聖杯が入っている確証のない以上、意味がないレイズだ」

「それがギャンブルだ。俺たちは確証のないダイスの目に値段をつけた」

「だとしてもレイズは認めない」

「あなたの承認は必要ない。俺が聞いているのは……」

ふっと光が舞い込んだ。

それはミナミの頭上を旋回する。ルイージの花畑で出会ったあの妖精だった。

『認めるとのことだ』

フロアがまばゆい魔力の光で満ちた。

『わが友のエルフはその聖杯を認める』

妖精の声が輝いている。これが聖なる魔力なのか。

『勇者の祝福者がそう言い切るのならば、金貨を天井まで積むとのことだ』

＊＊＊

『箱は開けられるのですか？』

「すでにクリア寸前です」

妖精とミナミの会話が空間に反響する。

天井のステンドグラスからカラフルな光が降ってくるここは教会だった。

妖精から話し合いを要請され、この場に連れてこられていた。

ただしエルフは出てこない。この街で連絡を取れるのはこの妖精だけらしい。

教会にはミナミとハヤトとミヨ、そして二匹の妖精がいる。

『箱に入っているのは聖杯で間違いありませんね』

「こちらの七番目の勇者はそう断言しています」

ハヤトはミナミの視線を避けるように、ぐったりと椅子に座っていた。

勝負の決着はついた。王室と同等とされるエルフの影響力は想像以上だった。聖杯の箱に青天井の値段をつけ、この街の貴族にも認めさせたのだ。

結果的にハヤトが得たものは、フレイアの解放、ミナミにこれ以上手を出さないという確約、そして金貨一枚。それで手打ちとなった。

相手はこの街の貴族だ。勝ちすぎてはいけない。これが限界だった。

そしてエルフの後ろ盾もあり、その条件はすんなりと受け入れられた。

勝負はダイスの目を確認しないまま終わった。

振り返ってみても危険なギャンブルだった。ルイージ卿がハヤトたちをはめようとしていること、本当の目的がミナミであることは予想していた。だが、エルフがこの話に乗ってくるかは不確定要素だった。結果的にはその賭けに勝つことができたが……。

『勇者様が断言したのですね』

ハヤトを消耗させているのはエルフの代理人のプレッシャーだ。

花畑で会ったときとは違い鋭利な魔力があふれている。

『とりあえず箱を開けて聖杯を返せばいいのね』

同種族だからなのか鈍いのか、チキだけはフレンドリーだ。

『その後の返還には人と場所が重要です。場所は隣町のジュリアでとなることでしょう。そして女神の代理となる姫君も必要です』

『面倒だねえ。準備にどれくらいかかるのかなあ？』

『三日ほどでしょう』

「箱はエルフが開ければいいんじゃない？　文句があるなら六番目に言えばいい」

ミヨはエルフの代理人にも屈していない。

『いいえ、箱は責任をもって賢者に開けていただくとのこと。傷一つつけることは許されません。

なにより聖杯の名を利用したのは、あなたたちなのですよ』

妖精の視線はミヨからミナミ、そして最後にハヤトへ。

魔力ですべてを覗かれている錯覚に陥る。

『偽りには必ず代償を』

「偽ってはいない。これは信頼だ」

『過去にそう言い、取引をしてきた人間がいました』

『どうなったの？』

『体は森に還《かえ》り心は空に』

どういう意味だ？　知りたくなかったがチキが耳打ちしてくる。

『聖杯を偽った人間が魔法で殺された例がいくつもある。今ごろ天国でオフ会してるかも』

そいつらは本当に天国に行けたのか？　どちらにしろ聞きたくなかった情報だ。

『恐れる必要はありません。あなたは勇者の祝福者でしょう？』

目を合わせられない。こちらの怯《おび》えが悟られる。

『聖杯を返還していただければ、報酬は思いのままに』

「報酬は情報を。初代勇者のことをお聞きしたいのです」

発言者はミナミだった。

『初代勇者は、自らの遺伝子を世界に残しながら旅をしたという。そして旅の終わりにこの世界に平和という均衡を残しました』

「私が聞きたいのはめでたしめでたしの後なのです」

魔力で覆われる妖精に女子高校生が立ち向かっている。

「その後の勇者は転移魔法でこの世界から去ったと聞きます。その転移の魔法を」

『でしたらまずはあなたが魔法を見せなさい』

妖精がミナミと箱に視線を向ける。

『あなたたちの世界では「開けゴマ」と唱えるのでしたか？』

ハヤトは覚悟を決めた。ここまで自分を助けてくれたナンバー6を信じるしかない。

「契約成立だ。箱は三つ編みの賢者が必ず開ける。そっちは返還のスケジュールを決めてくれるだけでいい。すべての責任は俺が負う」

ハヤトは正面から妖精の冷気と微笑を受け止めた。

『わかりました。それでは予定が決まればお知らせします。それまでの行動は自由ですが、賢者は私の目の届く場所で開錠の尽力を』

『じゃあまたね』

チキが手を振って教会から飛び去る妖精を見送る。

妖精の姿が消えたのち、三人は肺の奥に溜《た》まっていた重い息を吐き出した。

「すごい圧力だった。あれが本物の妖精なのね」

「よかった、ミヨにもそんな心があるんだな」

ミヨと顔を見合わせて苦笑いする。

「とにかく、もうギャンブルはこりごりだよ。二度と賭け事をしないってこの教会で誓う」

「それだけでも掛け金になってあげた甲斐があったわね」

『あとは箱を開けるだけだね。タイムリミットも延びたし』

チキがミナミを元気づける。

「開ける自信はある？」

「箱の構造は二重になっている。まずは第一の鍵を開けてからが本番」

ミナミが箱をなでている。

「結果的にエルフとのコネができたのはよかったか。ちょっと貴族を敵に回したけど」

さっさとこの街を出るべきだ。向かう街は返還の場であるジュリア。

『それにしても六番目はなんでこんなに厳重にしたのかねえ』

それほど隠したかったものなのか。……と、かちりと音がした。

その音源はミナミの箱からだった。

「一層目が開いた」

三人と一匹は顔を見合わせる。

ミナミが慎重に箱を開けてうなずく。予想どおりに箱の中には箱があった。

「とりあえず第一段階は成功。幸運の妖精が二人もいたのだから当然ね」

ミナミは一回り小さい箱を取り出しウインクする。

『底に何か入ってるよ』

「恒例のナンバー6先輩様からのメッセージだな」
ハヤトは箱から手紙を取り出し、開く。

この手紙を読んでいるのは誰だ？
俺は七番目であることを望んでいる。
そしてお前にだけは伝えておきたい。
この箱の中には真贋《しんがん》はともかく聖杯が入っていることは確かだ。
俺が迷宮の最深部に入り自らの手で聖杯を選んだからだ。
ダミーの聖杯がいくつかあり、その中から一つを選ぶというシステムだった。
だけど時間がないこともあって、俺はついおしゃれな盃《さかずき》を手に取っちまった。
迷宮から出てきた今も、俺はなんか違うんじゃねえかなと思ってるんだ。
だが、いったん選べば十年はトライできないという構造で再アタックはあきらめた。
でも偽物でも金になりそうだから、娘に渡してくれよな。
ということだ。
俺が書いた迷宮マップは同封しておくから興味があったらアタックしてみてくれ。
この箱を開けられるレベルなら踏破できるだろう。
けっこう刺激的な空間だったぞ。

「あ、あいつ……」

　このタイミング、わざとやってるのか？　お前の「なんか違うんじゃねえかな」というカジュアルなセリフで大問題が発生すると考えなかったのか？

　顔を上げると、ミナミがさっと目を逸らした。

「私は七番目の勇者様に従っただけ」

「いやいや、俺たちは運命共同体だろ」

「つまり偽物？」

「不敬な言葉を口にするな、愚か者」

　ハヤトはミヨの口を必死でふさぐ。

「箱を置いて逃げるか？」

『無理だよお。エルフが見逃してくれるわけないし、もう返還のセッティングが進んでる』

「でもさ、俺たちは聖杯だと信じてた。それを裏切ったナンバー6のせいだよな」

　ハヤトたちはうなずき合う。

『となると、まず聖杯を利用したことが問題となる。誠心誠意謝れば許してくれる可能性もあるけど、エルフからの信用は失墜したと考えたほうがいい。つまり転移の魔法の秘密なども探れない』

　ミナミが天を仰ぐ。転移の魔法の放棄は帰還の放棄となる。

『聖杯を受け取るこの街のエルフは初代勇者の末裔《まつえい》。そして姫君から返還となるけど、偽物だった場合は受け取らない。そんなセレモニーの責任は誰が取る？　恥をかかされた姫君からは怒りを』

呼吸が乱れて考えがまとまらない。ミナミも天井を見つめたまま石像のようになっている。描いたスケジュールは完全に白紙となった。

「シンプルなことよ」

その声にはほんの乱れも混じってない。

「返還までに本物を用意すればいい」

ミヨはコンビニでコーヒーを買ってくる、と同じトーンで言い切った。

「確かに私たちは日常的に新宿や渋谷という迷宮を歩いていたわ。でもこっちの迷宮は案内板もガイドもいやしないのよ」

「……幸か不幸か地図ならあるんだ」

迷宮踏破者であるナンバー6の直筆マップが同封されていた。

『迷宮ってレアな魔物やトラップがいっぱいある。君たちだけじゃ無理だよ』

「そもそも岸《きし》君は紙の地図を使ったことがある？　東京という真綿にくるまれた私たちはスマホがないと目的地まで、あっ……」

ミヨがミナミの唇を人差し指でふさぎハヤトに向く。

決断はハヤトに委ねるという視線だった。

「……やるべきだ。いや、やる」

ハヤトは決断した。結局のところそれしか方法はない。

「だから委員長はぎりぎりまで箱を開けられないっていう演技を続けてくれ」

「これから材料を買ってきます、なんていう店でラーメンを食べろって？」

「賭けになるけど俺たちは返還の儀に間に合わせる。誓うよ」

「今さっきを思い出して。二度とギャンブルをしないって誓ってた愚か者がいたわ」

「それしか方法がないんだ、委員長」

「もしも君が失敗したらあっち側につくわ。『私はあのくされ勇者に騙《だま》されました。あいつに責任を取らせるので命だけはお許しを』って尻尾《しっぽ》を振ってエルフの靴でも舐めてみせる」

「それでも委員長は俺たちを信じてくれる」

ミナミはふっと笑うと、あきらめたように頭と三つ編みを揺らした。

「……今回も君たちを信じるわよ。私も腹をくくったわ」

「委員長はすぐ腹をくくってくれるから話が早い」

「君のせいよ！　異世界に来て腹をくくってばかりで私のお腹《なか》は圧迫され続けてる」

「安心してくれ。マップもあるし、きっとなんとかなる」

「今の君は人生で一番私という女の子に応援されていることを肝に銘じて」

「勇者ってやつを信じて、委員長」

もともと聖杯は勇者がエルフと酒を酌み交わしたというカップ。

だったら祝福を受け継いだ者があるべき場所に戻すべきだ。

そうだ、これこそ勇者の祝福を得た者の役割……。

『ん、どうしたの？』

「やっと気づいたんだけど、勇者ってけっこうしんどいかも」

＊＊＊

ルイージの宿泊施設の一室にて、ジェシカはティファと話していた。

「報告があります」

「聖杯は箱ごとジュリアに送られ、そこで初代勇者の末裔のエルフを待つようです。返還は三日後となるでしょう。そして返還する姫君のことですが、偶然ながら一番近い街にいたエメラルドにとのお話が来ています」

「エルフからのその申し出、受けましょう」

「辞退するべきかと」

「何故、です？」

「スーとフーに調べさせていますが、彼らは迷宮入りの準備をしているとのこと」

つまりこれから聖杯を取りに行こうとの馬鹿げた行動だ。箱の中身が偽物である証左となる。

「勇者の祝福者の話では、聖杯は本物だとのことですが」

「やつはそう言うでしょうが、箱の中は偽物です」

「わかりました、ジュリアに行きましょう」

ジェシカは顔をしかめた。

「お話を聞いていただけましたか？　返還の儀ではティファ様は偽物の聖杯を手に取ることになります。当然ながらエルフは受け取りを拒否し、儀式は無残に終わります。つまりティファ様にも傷がつくのですよ」

「どうでもいいことです。私は勇者の言葉をただ信じます」

それは信念が宿った言葉だった。

「かつて私は彼を勇者の器であるか疑い、試したことがありました。今回は私が試される番です」

透明感のあるグリーンの瞳に見つめられ、ジェシカは何も言い返せない。

「本隊をジュリアに呼びましょう」

「本隊にいる影武者に儀式をやらせては？　であればエメラルドの傷も浅くすみます」

「私が出ます。それに、そもそもエメラルドなんて最初から傷だらけなのですよ」

「そんなこと……」

「エメラルドの空虚な空洞《インクルージョン》を美しいと言ってくれた勇者を私は信じています」

ティファは窓の外の月に瞳を向ける。

それを見てジェシカがギリッと歯を食いしばった。

……あの男こそがエメラルドのインクルージョンだ。

関わるたびに傷も穴も増えてもろくなっていく。

「承知いたしました」

ジェシカは部屋から出ると、薄暗い廊下を歩く。

気配すら感じさせずに赤髪のフーが並んでいた。

「ジュリア入りだ」

「はい。本隊に連絡します」

立ち去りかけたフーを呼び止め、命令する。

「連絡は私がやる。お前はスーと合流して――迷宮入りだ」

「はい」

「本物の入手は可能か？」

「はい。六番目が踏破したのは確かです。その情報が残っていれば二日もあれば本物を見つけることが可能です。ただし聖杯の真贋を確かめるには七番目の力が必要かと思われます」

「では協調して探索を行え。そしてお前が本物をジュリアに運んでこい」

そして箱の偽物と入れ替えるしかない。

「はい」

「聖杯を手に入れたら七番目は殺せ。以上だ」

「……はい」

第三章　ラビュリントス

「三百年前の勇者の飲み会が俺たちを苦しめている」

頼りのミナミは聖杯の箱と一緒にエルフの監視下に入った。今後はギルド経由の情報は手に入らないと思ったほうがいい。

ハヤトたちが集まっていたのは街はずれの小屋、ナンバー6の娘、イグナの家だ。

「ありがとう、場所を貸してくれて」

ミヨはイグナにはフランクだ。

「いえ、父のやったことですから」

暖炉の火がめらめらと燃えている。窓の外はもう暗い。

密談をするにはここしかなかった。ミュウは外を警戒し、フレイアは暖炉の火を管理している。

『君たち四人で行くことになるの？』

チキがジャムを舐《な》めながら聞く。

「お前を入れて基本は五人だ。でもなあ……」

従者の同行は認められていないが、できればミナミに一人つけておきたい。

「ミュウ、委員長を見守ってくれないか？　もしものことがあったら連れて逃げてほしい」

「ハヤトたちも心配。かといって私たち亜人は迷宮が苦手なのよね」

空気のよどんだ狭い空間では亜人の特性はいきない。

「やっぱり装備が必要ですよ」

フレイアが暖炉の火に樹脂を放り込む。漂う甘辛い香りに気持ちがリラックスしていく。

『ナンバー6の装備は残ってないの？』

「父の迷宮入りは秘密裏に行われました。装備はすべて焼却し、入ったことも黙っておけと」

この街は迷宮の聖杯という要素で盛り上がっている。迷宮が発見された数年前から冒険者が集っており、さらに数か月前にエルフが聖杯の存在と買い取りを公言した。

もしもその聖杯がすでにないとしたら……。

『この街の領主は本当は聖杯を見つけてほしくない。だからあえて情報を混乱させてる。聖杯が見つかればこのバブルも終わりだし、エルフも入場許可を出さない。入るのは盗賊だけとなる』

冒険者の間ではすでに聖杯が見つかったとの噂《うわさ》で持ち切りだ。

ただしその情報の真偽の判断はつかず、ジュリアでの結果待ちとなっている。

そもそも返還がスムーズに行われるかは未定だ。まだ返還者となる姫君も決定されていない。

「一応食料は買えましたが……」

「亜人たちからも情報収集したけど、みんな迷宮は詳しくなくて」

手分けして迷宮入りの準備をしたが結果はかんばしくない。そもそもハヤトはこの街で目立ちすぎてしまった。今さら大々的に迷宮入りの準備などできようか。

そんなハヤトの唯一のアドバンテージ。それはナンバー6の残した地図だ。

しかしこの薄っぺらいマップ一枚で深い迷宮を踏破できるのか？

やはり地図の解読者が必要だ。だがギルドで冒険者を雇うことなどできやしない。

「とにかく明日には迷宮に向かいたい。俺とミヨとフレイアでなんとかする」

三人とチキというメンバーだ。

「手持ちのカードでやるのよ。それもファーストアタックで。本物の聖杯を見つけなければ、私たちもミナミもどうなるかわからない」

ミヨの目に怯《おび》えはない。これがヴァルキリーのギフトなのか元からの資質か。

「そうだな、本物を……」

「しっ」

窓の横に立つミュウが合図する。すぐに『魔力感知』を作動させるが遅かった。

音も立てずに扉が開き、二人のシルエットが月明かりに浮かび上がる。

『スーとフーじゃん』

チキが明るい声を出すが、ハヤトは固まっていた。……今のを聞かれたか？

「そんなに警戒しないで。ちょっとばかり用件があってあなたを探していただけよ。悪いけどここじゃああれだから中に入らせてもらうね」

扉を閉めて中に入る二人。

「初めまして六番目のお嬢さん。私たちはエメラルド親衛隊のスーとフーです。よければこれを。下り品だからけっこう貴重よ」

スーがテーブルに置いたのはワインのボトルだ。ガラス瓶のワインは珍しい。

『下り品っていうのはね、北側からくる品のこと。物資は基本的に王道を通って北上する。でも空馬車を戻すだけじゃもったいないから、ある程度物資が下ってくる。それを下り品と呼ぶのよ』

チキがワインボトルの上に座る。

「用件はこれか。助かったよ、これで貸し借りなしだ」

ハヤトは迷宮地図を隠しつつ、テーブルに金貨を置いた。

「私に絡むことで時間を稼いだんでしょ。ちょっとだけあなたを見直した。大金のかかったギャンブルでも冷静でいて自分を制御した。そして後ろ盾としてエルフまでもを出すとはね」

スーは金貨を指で弾《はじ》きながらハヤトを見る。

「……でもやりすぎた。偽物の聖杯を利用したことをエルフは許さない」

「箱の中身は本物だ」

「じゃあなんでこんな粗末な小屋で密談を？　もっと笑顔でパーティーをしなさいよ」

「粗末という表現は訂正しろ、俺がこの世界で暮らすならばこんな家にする」

「そんな話をしてる場合じゃないのよ。それともここで第二ラウンドといく？　戦いはバスケよりもうまいわよ、私たち」

スーが視線をやったのはミュウとミヨだ。二人はすでに武器を手にしていた。

「スー、やめなさい」

フーがスーを制して前に出る。

「聖杯返還が正式に決定した。ティファ様が返還者を受諾し本隊がジュリアに向かうという。時は三日後」

『お姫様はまだ近くにいたの？』

「体調不良でジュリアの近辺の大きな街に滞在していた。だから申し出を受けた。いや、受けざるを得なかった」

フーの口調には苦々しさが含まれている。

「それを責めに来たのか？」

偽物の聖杯を返還したとなればエメラルドにも傷つく。

「でも俺の言葉は変わらない。聖杯は本物だ」

そんなハヤトにつかつかと歩み寄り、スーが胸倉をつかんだ。

「そんな悠長な話をしに来たんじゃねえんだよ！」

「ハヤトから離れろ！」

ミュウが弓を向けるがスーは意に介さない。

「箱の中身は偽物よ。でもここであなたを責めても何も変わらない。……だから私たちが同行する。迷宮攻略に手を貸す。一時的に共同戦線を張るということ。あなたを助けたいわけでも踏破の名誉が欲しいわけでもない。これはティファ様のため」

それは親衛隊としての真摯な言葉だった。

「ミュウも弓を置いてくれ。頼むからこれ以上乱暴しないでくれ。ここは俺の恩人の娘の家なんだ。彼女は静かに暮らしているし、これ以上迷惑をかけられない」

もう隠し事は通用しない。箱の中身が偽物なのは事実だ。

『でもさあ、二人に協力してもらえば可能性が出てくるよ』

チキが乱れた場を立て直してくれる。

「これは父の責任でもあるのでお気になさらないでください。お二人にもお茶を淹《い》れますから」

イグナは平然としている。さすがナンバー6の娘。

「では聖杯を手に入れるまで協調とする。まずは私たちが手に入れた迷宮の情報を教えるわ」

冷静な姉のフーがテーブルにマップを広げた。

「これは樹海に沈んだエルフの地下宮殿。多重構造を持ち、中央の中庭を取り囲むよう建造物が配置され、採光口から光が降り注ぐ。連結された排水管、マンホールと呼ばれるものもある。未《いま》だに排水機能が保たれ冒険者たちのトイレもある。これが一層……」

一層の正確なマップはある。つまり冒険者たちが完全に攻略した。

「だけどその下から難易度が上がる。第三層の円形舞台《オルケストラ》までは見つかったけど、その後は冒険者同士での偽情報が錯綜《さくそう》し、ギルドは情報収集を放棄……」

少年たちまでも探索に行き精神をおかしくした状態で救出された例もあり、入場の年齢制限が設けられるようになったこと。魔物の出現で冒険者に死者が出たこと。それらをフーが淡々と説明してくれる。

「円形舞台までのルートはあった。ナンバー6はそのすぐ先で聖杯を見つけたとのメモ書きも」

「踏破のマップが残ってるんだったら見せて。駆け引きしている暇はないのよ。ティファ様を傷つけたくない気持ちは女神にもエメラルドにも誓う」

「わかった、これだよ」

スーの形相に押されテーブルにマップを広げると、双子が顔色ががらりと変わった。

「……思ったよりもできてる。ただ円形舞台までのルートも違うし、妙な空白がある」

「円形舞台の位置と形状が妙ね」

双子はもともと冒険者だ。おそらく脳内ではすでに探索を始めている。

踏み込んでいない迷宮を想像力で補っている。

「……わかった」

フーがうなずき断言した。

「冒険者たちが攻略した迷宮はダミー。本物の入り口は別にあって、六番目が踏み込んだ円形舞台はまったく別のもの。こっちが本当の迷宮ということ」

つまり冒険者たちは目くらましの迷宮をさまよっていたのだ。

本当の宝はナンバー6のルートにある。

『でさあ、誰が行くことになるの？』

「もちろん私たち二人。そして戦いのためにヴァルキリー、気配に敏感で器用なミゼットも必要。

そして幸運の妖精と勇者の祝福者」

スーがメンバーを決めた。チキを入れて六人パーティーだ。

『出発は？』

「今からよ」

＊＊＊＊

ハヤトたちは夜の森を走っていた。

四羽のカーゴで休憩すら取らずにノンストップだ。

樹海を移動するにはこの鳥がいいとされ、双子が準備したものだ。

『よかったじゃん、レースで失敗しておいて』

ハヤトの肩にはチキがいる。後方ではミヨが背中にフレイアを乗せて走っている。

先導するのはスーだ。

「この先に迷宮探索者のためのキャンプベースがある。そこを迂回《うかい》して六番目の入り口に向かう」

スーが振り向く。双子はすでに六番目が発見した入り口の見当もつけていた。このスピード感。

言いたくはないが双子がいなければ入り口探しも困難を極めたことだろう。

迷宮探索に向かないミュウは別行動だ。

「もっとカジュアルな感じでダンジョンに入りたかったな」

『人生はそんなもんよ』

異世界ダンジョン。ファンタジーだが、いざ自分が入るとなるとただの現実だ。そんなことを思いながらカーゴを走らせていると、フーがいきなり姿を現した。彼女は尾行対策で単独行動を取っていた。

「この辺で」

彼女から合図が送られ、ハヤトとミヨもカーゴを止める。

「ここに水場がある。カーゴはここに繋《つな》いで逃がさないようにね」

スーの指示のもとで準備をする。聖杯を手に入れたらこのカーゴでジュリアに向かうことになる。本物の聖杯を持ってルイージまでのこのこ戻るわけにはいかない。

「焚火《たきび》は小さく。テントは二つ張るから、片方をあなたたちが使って」

フレイアが指示に従いてきぱき準備をしてくれる。

「ここからジュリアまでどのくらい？」

ハヤトは火の準備しながらチキに聞く。

『今走ってきた距離よりも短いぐらいよ』

「意外にジュリアは近いんだな」

『樹海をショートカットするからね。それにけっこう走ったし』

迷宮はルイージから北東に位置する。ルイージよりもジュリアのほうが迷宮に近いのだが、ジュリアという街は神聖な土地であり冒険者が拠点にできる場所ではない。

火種ができたので、スーに言われたとおりに小さめの焚火を作る。

「ミヨは休んでていいからな」

カーゴに乗り慣れないミヨは疲れている。

「うん」

「それにしてもその格好でいいのか？」

ミヨはマントを羽織っているものの、ほぼセーラー服姿だ。

「ヴァルキリーに求めるのは戦闘力よ。慣れた格好のほうがいい」

スーが焚火にケトルを載せてお湯を沸かす。

タープやテントを張り終え、五人と一匹は小さな焚火を囲んだ。

「アタックは明日の早朝にする。聖杯の返還は三日後の昼過ぎ。つまり最低でも二日以内に聖杯を取ってここに戻らないと間に合わない。二日目の朝にここがリミットよ」

「二人は迷宮に潜ったのよね。怖くない？」

ミヨが爆《は》ぜる焚火を前に聞く。

「とても怖い。樹海よりも深く暗く狭い。でもそのぶんリターンもある。それは財宝だけじゃなくて踏破という名誉。踏破はお金ではなく冒険者の熱量で決まる」

ナンバー6はどれくらいで踏破したのだろうか。彼は最後に聖杯の選択があったことを手紙に明記していたが、ハヤトは本物を選べるのか？

いや、それよりも自分に迷宮の踏破は可能なのか。

いきなり本格的な迷宮に潜ると考えると鼓動が早くなる。

……暗い。

樹海は深い。これからさらに深く暗い迷宮に潜ることになる。

「先に言っておく。二人がいなかったらここまですら来られなかった。お礼を言うよ」

ハヤトの言葉にフーが一瞬だけ目を逸らし、答えた。

「……気にしないで。私たちはエメラルドのために行動しているだけ。だからあなたたちは朝まで休んで。見張りは私たちでやる」

フーはハヤトの目の中の怯えを感じ取っている。

「勇者のスキルも必要となる。休息して恐怖を消すの」

『うん、そうしな』

「休んでください」

フレイアと頭の上のチキも同意する。

「その前にちょっと気分転換と、周囲の警戒をしてくる」

ハヤトはトイレに行くふりをしてその場を離れる。

『魔力感知』スキルを使い、知っている魔力を探しながら夜の森を一人で歩く。

しばらく進み、それを見つけた。

木々に隠れるように立っていたのはミュウだ。

「尾行してきたけど不審な者はいなかったよ」

ハヤトはあの双子を信用しきれず、ミュウに警戒を頼んでいた。

「俺たちはこのまま迷宮に入る。ミュウはそのままジュリアに行って委員長のフォローを頼む」

「待って」

その場を離れようとすると、ミュウに手をつかまれた。

「私、心配なの」

ハヤトはふっと笑ってミュウの耳をなでてやった。

「迷宮の踏破なんて簡単だ」

「ハヤトが思っている以上に迷宮は複雑なのよ」

「複雑なのは慣れてる。俺の世界には様々なゲームがあって、たとえば将棋だと――」

「約10の483乗パターン。エルフが解析を続けているけど未だに先手と後手のどちらが必勝なのかは不明。ちなみにチェスとリバーシというゲームならば解析は終わった」

ミュウの両眼がギラリと光った。

「でも迷宮はそれ以上に複雑なパターンがある。さらにハヤトは敵と味方の区別もついていないない」

言い返せない。あの双子を信頼できないまま闇に潜ろうとしている。原因は恐怖だ。いつの間にか恐れという感情が侵食していた。

これはゲームではない。一手でもミスをすれば取り返しがつかない。

「本当は怖い」

ハヤトは胸の内を吐露した。自分は未知なる闇に怯えている。

「その恐怖はハヤトが正しいことをやってきたことの証拠なの」

ミュウがハヤトの胸にもたれかかる。

「ルイージの森で別々になったことがあっただろ？」

「うん」

「あのときミュウはどうしてた？　俺のことを心配してた？」

「ううん、だってあのときのハヤトは大丈夫だって目で言ってくれたから」

「サーベルタイガーと遭ったって言ったら信じる？」

「信じられないけど信じる」

「それは不思議な体験だったんだ。霧の中で神の使いに遭って、さらなる異世界に連れていかれるんだと思ったほど。そして俺はこの樹海の深さを知って、暗闇が少し怖くなった……」

白い虎を介して樹海の深さを知った。深い深い樹海の深部と接触してしまったような感覚。宇宙に放り出されたような孤独と恐怖……。

「俺はあのときから場所を見失っている。果てしない森の中で俺はどこにいるんだって」

この異世界。この樹海の中で自分の座標はどこにある？

「ここ。勇者様はここに戻ってくるのよ」

ミュウはハヤトを抱きしめた。

この温《ぬく》もり。ミュウの鼓動が直《じか》に伝わってくる。

「迷宮を踏破して立ち直るよ」

「踏破する前に立ち直って」

ミュウがするりと服を脱いだ。雲間から出た月に照らされ、ミュウのしなやかな裸体が緑色に浮かび上がる。胸のラインを指でなぞると、ミュウが甘い吐息を漏らした。

乱暴にキスをしたがミュウは抗《あらが》わなかった。

「もしも戻ってこられなかったときのために……」

ハヤトは唇を離して見つめ合う。彼女は勇者の種を欲して郷《さと》から出てきた。だったらその責任を今ここで取るべきだ。

「駄目。それはフラグでしょ」

ミュウがくすっと笑い、その場にかがみ込んだ。

「私はハヤトが戻ってくるのを信じてる」

ハヤトのあそこがミュウの両手に握られる。

「だから今回はこれで我慢して」

そして先端をぺろりと舐めた。

「……ミュウ。俺は早く戻らないと」

快楽に身を委ねたいが、あまり時間がかかると不審がられてしまう。

「勇者様は早いでしょ」

敏感な部分を滑らかに刺激される。先端に軽くキスをしてから、根元部分から優しく舌を這《は》わせる。小川の流れに混じって淫靡《いんび》な音が森に溶けていく。

ぴょこぴょこと動く猫耳をなでながら耐える。

恐怖は消えていた。ミュウの献身的な行為によって胸に溜《た》まっていた黒い霧が晴れていく。

「恐れも迷いも吐き出して。私が全部、受け止めてあげる」

上目遣いのミュウが先端部分をくわえた。口の中はとても温かくぬるぬると舌が動いている。

歯を立てないよう一生懸命に奉仕する姿がとても愛《いと》おしくて、ほんの少しだけ罪悪感が生じる。

だが、快楽には抗えない。溜まっていた勇者の呪いは限界寸前だった。

「ミュウ」

果てる前に彼女の名前を呼んだ。

ミュウはすべてを受け止めてくれた。彼女の言ったとおり時間はかからなかった。

＊

早朝の樹海は真っ白な霧に覆われていた。

小川で顔などを洗ってベースに戻ると、すでにテントはたたまれていた。

フレイアはカーゴの餌やり。スーとフーは武器の確認をしている。

「それ珍しい弓だな」

「半割って呼ばれる組み立て式。親衛隊でも普段使いしている」

『半割式。弦の消耗を防げ、持ち運びの利点から迷宮探索に用いられることが多い。騎士が使う半割式は組み立て時間が平均一秒といわれる。勇者の辞典より』

フーが矢の確認をする横で、スーは十本以上ものナイフを装備していた。

「そんなにナイフを？」

「ビジターであることを肝に銘じて。狭い場所で大技は使えない。私たちから迷宮に入るけど、私たちは狩るほうじゃない」

モスグリーンの装束にマント姿のスー。ズボンからマントにまでナイフが仕込まれている。

ハヤトの武器はテアからもらった剣だ。

ミヨは木刀。フレイアは非戦闘員なので武器は持っていない。

「樹海は味方。でも迷宮は違う」

フーがフレイアにナイフを一振り渡してくれた。

それぞれが準備をするうちに霧が晴れていく。

「霧が晴れる前に潜入する。昨晩のうちに入り口は確認している。荷物はできるだけ軽く。食料も二日分でいい。それ以上は必要ないからね」

スーが断言する。真の目的は踏破ではなく、聖杯を手に入れ偽物とすり替えること。

迷宮に潜れるリミットは決まっている。

ミヨと視線を合わせてうなずく。大丈夫だ、一人で潜るわけじゃない。

「よし、行こう」

ハヤトはザックを背負って気合を入れる。

入り口は大樹の陰にあった。

そこから五人と一匹は、一人ずつ身を滑らせるように潜入していく。

『玄関が崩れてるんだね。通路が傾いてるから気をつけな』

先に入ったチキが警告する。発光するチキが目印となる。

スーは小さな懐中電灯のような物を持っている。

「電気があるのか？」

「これは魔光石と呼ばれるもの。トロナ鉱山で発掘されて、魔力を込めると光を発するの。けっこう貴重なものよ。久しぶりに使うから慣らし運転をね」

カンテラも用意しているようだが、まだ使わないらしい。

「先頭は私たちが行くからついてきて。フレイアは真ん中に、背後はあなたたちに任せる」

スーとフーが慎重ながらも軽快に進んでいく。

こうしてハヤトの初迷宮探索が始まった。

「マップはどう？」

「先ほどの分かれ道も明記してありました。距離も合ってます」

フレイアがチキの灯《あか》りでマップを確認しながらスーに返答する。

心配されたフレイアだが小柄な体躯《たいく》が迷宮にマッチしている。逆にハヤトとミヨは苦戦していた。潜入してまだ一時間も経《た》っていないのに、すでに方向感覚を見失っている。

「平気か？」

ミヨに手を貸してやり段差を乗り越える。ミヨは未だにローファーだ。

先頭のフーが指を動かし、ミヨとフレイアが警戒態勢を取る。

「ちょっと待って。そのハンドサインらしきもの、俺知らないんだけど？」

『昨日君が長いお花摘みに行ってたときに基本的なのを共有したのよ』

それはチームメイト全員で共有するべきものじゃないか？

「あなたはこれだけ覚えていればいい」

フーが指をさっと動かす。

「どういう意味？」

「もしもあなたがこの迷宮で不幸な事故に遭った場合の最期の挨拶。つまり『さようなら』もしくは『バイバイ』というシグナルよ」

スーがへらへらと『バイバイ』とハンドサインを送ってくる。

「今後その不吉なサインを俺に使うんじゃねえぞ」

『まあまあ、君はスキルを使えるから大丈夫よ』

しばらく暗がりの中を進むうちにハヤトは迷宮に慣れてきた。

チキに使用をすすめられた『地形探知』スキルと『夜の目』スキルの並行使用だ。

ポタポタと水滴が垂れ、木々の根が通路を覆っている。沈んだ遺跡が形状を保っているのも樹海のおかげなのだ。

「そこ」

双子が通過した壁をハヤトは指さす。

フレイアが確認すると、蔦《つた》で隠れた通路があった。

「この通路ですね」

スーが引き返してうなずく。

「やるじゃない七番目。これなら一日で踏破できるかも」

ナンバー6のマップと双子の経験、それにハヤトのスキルを利用してどんどん先に進む。

しばらく進むとだだっ広い通路に出た。そこらに鎧《よろい》や剣などが転がっている。

「錆《さ》びてますね」

フレイアが剣を持ち上げると、さらさらと崩れてしまった。

「こんな様子じゃ聖杯も危ないな」

『さすがに鉄じゃないと思うよ』

「この装飾……」

「ミヨ、触るな」

ミヨが手を伸ばしたのは蛇だった。蛇はうねうねと穴の中に逃げていく。

「驚いた。生き物いるのね」

迷宮にはネズミなどがおり、それを捕食する蛇もいるのはしかたない。

「もうちょっとしたら休憩する。トラップはないだろうけど変なものに手を出さないで」

さらに進むと風を感じた。新鮮な空気の流れを感じる。

「外か？」

「いえ、違う。……ああ」

通路を曲がったスーが声を漏らす。

そこには光に照らされたドーム状の広間があった。

中央に緑が見えた。天井から差し込む太陽の光に芝生《しばふ》と花が照らされている。

『光の井戸よ。エルフ特有の建築技術なの。遺跡が沈んでも採光システムが生きてたんだねえ』

チキがアトリウムに飛んでいく。

五人はしばしその光景に見とれた。ここで自分が疲れていたことを知った。方向感覚のない暗がりを歩き、精神がすり減っていた。

「休憩にはちょうどいい場所ね。お腹《なか》に何か入れておいて」

スーの声で五人は緑の芝の上に腰を下ろす。

「もう昼なのか」

太陽の光を久々に浴びた気がした。すでに探索を始めて六時間以上は経っているだろう。

「でも、順調ですよ。きっとこの広間がここです」

地図チェックをするフレイアが笑顔を見せる。

ハヤトたち三人は簡単な昼食の準備をする。

『ねえ、その赤いのなあに？』

真っ赤な瓶詰は双子の携行食だ。

「リュテニツァ。私の故郷で作られる保存食、王都で働くようになった今も送ってもらってるんだ」

「聞いたことがあるな、名前だけは」

「これって勇者のレシピよ。勉強不足だね」

スーが一瓶投げてくれたので、代わりにイグナ特製ジャムを渡してトレードとした。

『リュテニツァ。勇者がパプリカと名づけた赤い野菜とトマトを使用して作る。味付けはオリーブオイルと塩と大量のスパイス。作業工程が多いためリュテニツァの日が設定されている街もあり、そのときは人々が一堂に会して作るのである。勇者の辞典より』

パンにつけて食べてみると、まずはスパイシーさが鼻孔を抜けていき、濃厚な甘さが広がる。優しい口当たりにわずかな香ばしさ、ワイルドさと繊細さが同居している。

「癖になりそうな味」

「初めて食べますけど、おいしいですね」

ミヨとフレイアも気に入ったようだ。チキも両手でぺろぺろ舐めている。

「ふふっ、褒められるのは悪くないね。種を取ったパプリカを直火《じかび》で焼いて時間を置いてから丁寧に皮をむく、その間にトマトを……って子供のころに手伝わされた。一日がかりの大仕事。あと、そっちのジャムもとってもおいしい」

双子はジャムでパンを食べている。

ひと時の緩んだ空気の流れ。

『ねえ、この花も記念に持っていこうよ』

チキがオレンジ色の花を抜こうとしている。

「俺ルールだと街ごとに集めてたけど、迷宮もいいのかなあ」

『いいじゃん、記念だから』

「もう、私の頭を花畑にしようとするんだから」

頬を膨らませるフレイアが可愛《かわい》いので、その花を頭に挿してやった。

「トイレがあって使える。今のうちにすませておいて」

広間を調べたスーが戻ってくる。

ミヨはというと、強引にハヤトを立ち上がらせる。

「ねえ、あれやって」

あれとはハヤトお得意の感知スキルのことだ。

「この先のことを考えるから遊んでていいわ。緊張するよりリラックスして迷宮に慣れたほうがいい」

スーが言うので、一緒に周辺を調べることにする。

『人が入ってないからお宝があるかもよ』

「しょうがない、やるか」

ハヤトは『魔力感知』スキルを作動させる。

価値のある物には魔力が多い。それはなんとなくの経験でわかっている。

「……あっちに何かあるな」

ハヤトはドームの壁に向かって進む。

そこには汚れた絵画や錆びた鉄の剣などが飾られていた。

「これ、いいかも」

ミヨが手に取ったのは円い木の盾だった。鉄とは違い劣化していない。

『この世界では樹木は残るからねえ』

盾は樹脂でコーティングされており、飾り絵も確認できる。描かれているのはウサギだ。

「持ち手を布で代用すればすぐ使えますよ」

こんなときは器用なフレイアが頼もしい。

「でも、ミヨって一刀流だろ」

『ヴァルキリーは堅牢《けんろう》でいて一撃必殺。盾はあったほうがいいんだよ』

盛り上がるミヨたちを横目に、ハヤトはさらにスキルを使う。

見つけたものは朽ちた武器にはめ込まれた小さな宝石、魔力の込められた鉄のパレット。巨大な鳥の彫刻があったが、それは持ち運べそうにない。

「この鉄パレットは錆びてないな」

『いい金属だね。時間が経つほど分子と魔力が結合して硬くなる』

「じゃあ、これで俺専用のナイフを作ってもいいかもな」

これが迷宮探索のご褒美だろうか。

今回は時間がないが、迷宮で宝を探すような刹那的な生活も悪くない。

やはり迷宮探索は冒険の花だ。

……だが、そんな思いは長く続かなかった。

＊＊

探索は難航していた。

「やっぱりマップが完全じゃない」

スーはマップを見ながら頭を抱えている。

行きづまったのは暗い迷路だ。真っ暗な空間が一行を阻んでいた。

『まだ魔力結界が効力を発揮している。暗闇を作るもので光を拒絶する。だから下手に進むと迷って出られない』

魔力で作られた闇に対し、やるべきことはやっていた。

アリアドネの糸と冒険者から呼ばれるアイテムを使い、フーとスーが暗闇に潜ったが踏破はできなかった。これまで十回以上のアタックを繰り返したが失敗に終わった。

ハヤトのスキルでもどうにもならなかった。

『地形探知』や『魔力感知』も通用しない。やはりスキルの熟練度不足は否めない。糸を手に一回だけアタックしたが、闇の中で上下すらも失い糸をたどって戻るのが精いっぱいだった。

「チキでも無理か？」

『魔法に関しては私よりエルフのほうが上だからねえ』

時間だけがすり減っていく。

「ねえ七番目、六番目から何か聞いていないの？」

「そのマップがすべてだよ」

「じゃあどうやって六番目はここを抜けたの？」

マップの空白部分がここだ。ナンバー6があえてここを空白にした理由は、すべての情報をここに記すリスクを避けたと考えられる。

「光は消え声も散る。下手に突入したらここで終わり。比喩じゃなくて本当に死ぬ」

「俺に時間をくれ」

ハヤトはマップを手にする。これは自分が考えるべき問題だと思った。

「みんなは休憩を。俺はナンバー6の意図を考えたい」

ハヤトの意見に双子も従い、簡易ベースに戻っていく。

「フレイアも今のうちに休んでいて」

フレイアも下がらせ、チキの灯りでマップを見つめる。

『きっと六番目も何回もアタックしたと思うのよね。あえて君の迷宮攻略の楽しみを奪わないために明記しなかったとかかも』

時間があれば楽しめたかもしれないが、今回は余計な気づかいとなった。

「手あたりしだいスキルを使うか？」

『慣れないスキルを使うと消耗が激しいよ。魔力切れを起こしちゃう』

ではどうすればいい？　ここまでの道のりは順調だった。ナンバー6が距離も方角もしっかりと明記していたからだ。だが、ここにきてこの空白。

「この空白の距離は正しいのかもな」

『かもね。でも正しく曲がらないといけない。糸の長さも限界があるし、間違った道に入ってのリカバーは無理。角を曲がるパターン数は数万以上になって正解はその中のただ一つ』

暗闇の迷路。

一度でも間違った方向に進めばゴールにたどり着けない。

唯一のヒントはナンバー6の『普通に歩いて三分ぐらい』とのメモ書きだ。

つまり三分でこの闇を抜けることができる。

それほど距離はないが、そこが曖昧なのだ。

「……とりあえず、落ち着いて」

ミヨが歩み寄り、そしてカップを手渡した。

温かいハーブティーだった。ジャムが溶かしてあり、口に含むと鼻孔に甘い香りが抜ける。双子が携帯用のストーブで小さな火を熾《おこ》して湯を沸かしたようだ。

ミヨと並んで座りお茶を飲む。

なんだか既視感があった。このお茶を一緒に飲んだことがある。

「そっか。ナンバー6の娘さんのお茶だよな」

「うん、おいしいよね」

チキにもスプーンですくって飲ませてやる。

「……三分?」

そんなキーワードが記憶の奥から引きずり出された。

仮定で考えることにする。もしもすでにヒントを与えられているとしたら?

ナンバー6は偽物であろう聖杯すら堅固な箱に隠していた。同様に迷宮踏破の情報も悪しき人間に渡らないよう慎重に扱っていたとしたら……。

「……踊りだ、あの歌と踊り」

「ん?」

「ミヨも見ただろ。ナンバー6は娘に踊りを教えていた」

『クレーンダンス。通称鶴の舞い。秘密の場所に誘うとき、踊りで方向とタイミングを伝える。その踊りが鶴の動きに似ているため、クレーンダンスと呼ばれた。勇者の辞典より』

「俺たちはそのクレーンダンスを見たことがある」

ミヨが「あっ」と手を叩いた。ナンバー6の娘のイグナの踊りだ。

何故か見入ってしまったあの歌と踊りは、ちょうど三分間だった。

『ほめーて伸ばしてーってやつね』

ロボットダンスのように方向を変えながらの踊りだった。

今でもそれははっきりと目に焼きついている。……いや、はっきりとまではいかないが。

「糸を」

その後、ハヤトはアリアドネの糸を握りながら迷路にアタックした。

失敗を繰り返しながらもついにハヤトは暗闇から抜けた。

＊＊＊

「これを抜けたら円形舞台だと思う。でも気になることが一つ」

いくつもの円柱がそびえる広大な空間があった。

「マップに真っ赤なマークがあるのよね。今まで赤いマークはあったけどどれもトラップだった。つまり警戒せよってこと。そして一番大きなマークが円形舞台に」

スーの声が空間に反響する。

「でも、そこを抜ければ聖杯の間はすぐだ」

「正解はわかる？」

横を歩くフーが視線を向ける。

「選ぶよ、きっと」

やるしかない。聖杯は勇者の祝福も持つ自分が選ばねばならない。

「先に言っておくけどあなたに任せる。あなたは今までに正しい判断をした。でなければこの短時間での攻略は不可能だった。さすが勇者の祝福、そこは認めるしかない」

スーが表情を緩めた。

「そうです、ハヤト様はやるときはやるんです」

ハヤトが褒められフレイアがうれしそうだ。

「スキルも役に立つしね。私が冒険者だったら一緒に行動してもいいって考えるかも。まあ、考えるだけだけどさ」

スーがご機嫌なのにはわけがある。ハヤトの『魔力感知』で見つけた財宝。光り輝く剣やエルフの古代貨幣が見つかった。宝探しに来たわけではないが、こうしたご褒美は精神を保つ要素となる。

「私が預かっててていい？　外に出たら分けるってことで」

「ああ、それでいいよ」

「ふふっ、なんだか冒険者時代に戻ったみたい」

スーが剣を振り回しながら笑う。

最大の難関の空白地帯をクリアし、スーとの距離が縮まった気がした。

カンテラを持つフーが複雑な視線を向けている。妹をたしなめるようなフーの表情。迷宮に入ってからフーとの距離は開いた気がする。意識して距離を置いているかのようだ。

……いや、今は余計なことを考えている場合じゃない。

聖杯だ。それは自分で判別できるものか。『魔力感知』スキルでいけるだろうか。

「待て！」

『魔力感知』を作動させたハヤトは叫んだ。

「何かいる！　どこだかわからないけど近い！」

同時に皆が戦闘態勢に入った。弓を一瞬で組み立てるフー、フレイアに駆け寄るミヨ。そしてスーは柱を背にして剣を構える。

「……しまった」

そのスーが天を仰ぐ。

「どうした？」

「近づかないで！　柱に近づくな！」

やっと気づいた。剣もスー自身も柱にべったりと貼りついている。磁石でできた柱のトラップだ。助けようにもこれでは近づけない。

「上だ！」

柱の上から魔力を感じた。『夜の目』スキルで見上げると、どろりとした液体が垂れてくる。

『スライム！　魔法生物でありその生体は不明な部分が多い。触れたものを溶かすことができるが、タンパク質を溶かすタイプもいれば金属を溶かすタイプもおり外見からの判別は困難である。

勇者の辞典より抜粋！』

どろりとスライムが降りてくる。今まで敵に遭遇せず油断していた。ここはエルフが聖杯を納めた遺跡なのだ。このくらいのトラップは予想しておくべきだった。

ハヤトはポケットに入っていた銅貨をスライムに放り投げる。

一瞬だった。ジュッという音とともに銅貨が溶けた。

「金属タイプか？　だったら大丈夫なのか？」

『どっちにしろあのままだと窒息するし、溶解での副次的ダメージを受けちゃう』

ハヤトはすでに動いていた。ベルトを外し荷物をフレイアに預けて走る。

制服に金属は使用されていない。ズボンのチャックも磁力に影響されない素材だ。

「ハヤト様、これを！」

フレイアに投げてもらった石のナイフをキャッチし、スーに駆け寄る。

「服を捨てるしかない。切っちゃって！」

スーの武器はもちろん、マントや服も柱に貼りついている。

ハヤトはスーのベルトを切断し、さらに衣服の繋ぎ目にも刃《やいば》を入れる。

「ナイフを仕込みすぎだろ」

胸に装着したナイフが柱に引きつけられ、スーの胸が圧迫されている。

「左に結び目があるから、そこに刃を入れて」

ハヤトの助力でスーは脱皮するかのように服から抜け出す。

「下着もお願い。暗器が入っててそれがくっついてる」

「いくつ仕込んでるんだ！」

一瞬だけためらったがそんな場合じゃないと、スーの下着にもナイフを入れる。

「待って待って、言っておくけど男の人に見せたことないから」

「大丈夫、暗くてよく見えないから」

スーの下着のトップを切り裂くと同時に柱が明滅した。フーがカンテラの火を使い、火矢を放ったのだ。頭上に見えたのは柱を覆う大量の粘着物。あの気味の悪い物体がスライムなのか……。

火矢はほんの一瞬だけスライムの動きを止めた。そしてそのまま飲み込まれる。

視線を戻すと、スーは露《あら》わになった胸を手で隠していた。

ごくりとつばを飲み込みながら今度はショーツも切る。

「切れたぞ！」

ハヤトは強引にスーの体を引っ張ると、転がるように柱から離れる。

直後にスライムがぼたっと落下した。

金属が溶ける音、そして遅れて異臭が漂った。これでスーの装備も宝も失われた。

そんな光景を見つめながら、へたり込むスーに自分のマントをかけてやった。

スーは全裸だ。靴も下着も失った。

「……借りておく」

スーは素直にハヤトのマントを羽織った。

目が痛い。スライムが金属を溶かし、ガスが発生している。

「ここから離脱を。柱には絶対に近寄らないで」

フーが指示を出す。ほとんどは普通の石柱だ。だが、その中にトラップの柱が紛れているという構造だ。ハヤトは『魔力感知』を最大に使いながらフーに続く。

「え？　なんか多いぞ。今ので起きたのか？」

柱を伝ってスライムが降りてくる。他の石柱の上にもいたのだ。

ここはスライムの巣窟だ。

「走って！」

フーが先頭を走り皆がそれに続く。

「フレイア、ミヨ、俺から離れるな！」

『こっちだよ。ここから入れる！』

先を飛んでいたチキが誘導してくれる。

滴り落ちる粘着物を避けながら走り、五人は出口に転がり込んだ。

視界がぐるぐると回っている。ハヤトは床にへたり込んだまま呼吸を整える。

喉も目もまだ痛い。全力で走ったミヨも息を乱している。

「うわあ、綺麗《きれい》……」

そんな二人に対し、余剰体力のあるフレイアは周囲を見回していた。

顔を上げると、そこはドーム空間だった。ぼんやりと全体が青く光っている。

『壁に魔光石が埋め込まれてるんだね。こんなにも大量に』

巨大な空間の中央に舞台がある。そしてそこにも一本の石柱がそびえていた。

「これが円形舞台《オルケストラ》ですか？」

見とれるフレイアを尻目にハヤトはどっと汗をかいていた。

先ほどから『魔力感知』が最大レベルの警報を発している。

ミヨの乱れた呼吸が空間に反響する。呼吸はさらに荒くなり足が震えている。

『またスライムってことお？』

チキが中央の柱に気づいて両手を広げる。

「そんなレベルじゃないね」

すでに察知したスーは、フレイアを下がらせる。

フーは床にカンテラを置きながら、戦闘の準備をしている。

「勝つ必要はないわ。ある程度ダメージを与えれば相手は退却する。それぐらいの知能がある魔物。こちらは決して背を向けてはいけない」

動悸《どうき》と汗が止まらない。なんだこの禍々《まがまが》しい魔力は……。

「落ち着きなさいよ勇者さん。役者はそろってるじゃない。いい舞台を見せてちょうだい」

半裸のままのスーが両手にナイフを持ち、無理やり笑顔を作ってみせた。

ずずりと音が聞こえた。それは中央の柱から滑り降りてきた。

「蛇にはちょっとトラウマがあるんだよな」

「ならば今日で克服なさい七番目」

フーが弓を構える。

ぎらつく十四の瞳が見えた。いくつにも枝分かれしている蛇。群れではない。それで一つの生命体となっている。

『その名はヒドラ。レアでいて強力な魔力を持つ魔物である。この世界では毒を使う魔物は数少ないが、その例外がヒドラである。過去においての完全討伐実績はたった三体。そのうち一体が研究用としてエルフの手に渡ったとされる。ヒドラの攻略方法は一つ、遭遇しないことを祈れ。勇者の辞典より』

＊＊＊＊

異臭が漂った。

正しくはそれは匂いではない。強烈な魔力が具現化して嗅覚に影響している。

「まずは守って。離れすぎずそれでいて距離を保って。決して背を見せないこと」

フーの声が円形舞台に反響する。

スリープ状態だった魔法生物は、久しぶりの起動に乱雑な動きをしていたが、一斉に十四の真っ赤な眼光を向けた。こちらを排除する敵だと認識した。

心臓が凍りつくという感覚を初めて知った。

それほどまでに目の前に深い闇がある。感情も悪意もないただの殺戮《さつりく》マシーン。

「私を信じて。私もあなたを信じるから」

ミヨが魔物の眼光を受け止めながら盾を構える。

『ミヨ、守りに集中よ。勇者以外の祝福者は無意識にスキルを使用する。盾に魔力を込めるイメージよ。そうすればきっと盾は砕けない。ヴァルキリーのイージススキル』

チキが忠告する横で、ハヤトは剣を強く握った。

勇者の祝福者はデジタル的にスキルを使用する。莫大《ばくだい》なスキルの中から『身体強化』『魔力感知』そして『剣術』スキルを選択する。今のハヤトでは三つの並行使用が限界だ。『精神強化』を使いたかったが、先ほどのミヨの言葉でハヤトの精神は安定していた。

「向こう側に出口があります。回り込んでは？」

ホールの対角線上に小さなアーチがある。おそらくそこが聖杯の間に繋がっている。

「あの出口も魔物の攻撃範囲。聖杯を手に入れたらどっちにしろここに戻ることになる。だからここで撃退しないといけない。フレイアは下がって装備の管理をお願い」

スーがゆっくりと右に移動する。

ミヨを中央にフーが左手に。自然に陣形が出来上がっていた。

ぐねぐねと蠢《うごめ》く七本の頭。頭の数で攻撃パターンを演算すると天文学的数値となる。

ヒドラは下半身を円柱に絡めて、七つの頭をこちらに向けた。

ハヤトはミヨの斜め後方に立ち魔力を感知する。

まずいのは対ヒドラの情報がなさすぎるということだ。魔物に詳しいスーとフーも初対面となる。つまりこの戦闘は異種格闘技戦のように、やってみなければわからない。

一瞬の静寂。

ホールのすべてが動きを止めた。

次の瞬間、ミヨが吹っ飛ばされていた。

最初の接触は体を伸ばしたヒドラの牙とミヨの盾だった。

強烈な力でミヨがのけぞり床に転がるが、そこにハヤトがフォローに入る。

フーが矢を連射し、スーが逆サイドに回り込んだ。

追撃はない。ヒドラは再び柱に体を絡めて次の攻撃に備える。

硬いうろこに弾《はじ》かれた矢が床に転がった。

『強すぎる……』

「いや、いける」

ハヤトはヒドラと対峙《たいじ》しながら立ち上がるミヨを確認する。アドバンテージが見つかった。

まずはミヨ。盾は砕かれていない。どんな形でも一撃を防いだ。

そして相手の七つの頭。スーとフーの動きで一瞬だけ動きが乱れた。

あの魔物は七つの脳を持っており、それぞれが独立した自我を持っている。どの首が誰に対処するとの司令塔が存在しない。

「俺の『魔力感知』で攻撃のタイミングがわかる。ミヨを中心に守りつつ、相手をかく乱する。隙を見て一撃を入れればいい」

ミヨが盾を持って立ち上がった。派手に吹っ飛ばされた分だけダメージがない。

「その一撃なら任せて。とっておきがある」

フーが矢筒を指さす。

「そんなに深刻にならないで。だってあなたの前任者もクリアしたんだからね。そんな先輩を超えなさいよ七番目」

スーが素足のままホールを駆ける。

それが本格的な戦いの嚆矢《こうし》となった。

ヒドラの攻撃をミヨが受け止める。激突にミヨの体が浮くが今度は倒れない。ハヤトの合図で迎撃準備を整え、うまく力を逃がしている。

スーが攻撃を仕掛けヒドラの三つの頭が反応する。そのタイミングでフーが矢を発射。ヒドラの指揮系統が一瞬だけ混乱する。

「駄目だ！」

攻撃態勢に入っていたハヤトはバックステップを踏む。

思った以上にヒドラは守備的だ。攻撃を受けると柱に体を絡ませ、すぐに中央に戻る。だが、呼吸を整える暇《いとま》もない。このホールのほとんどがヒドラの攻撃範囲なのだ。

フーのハンドサインを目にヒドラの再攻撃をミヨが防ぐ。今度はスーとフーが交差するように走りポジションをスイッチ。彼女たちをマークしていた頭がぐねりと絡み合う。

同時にハヤトは意を決して孤立した一本の頭に剣を振りかぶる。

カキンと乾いた音が響き、ハヤトの剣が弾かれた。

真っ赤な眼光、そしてぎらつく牙とぬめる舌と生臭さ。一瞬だけハヤトは硬直した。

ヒドラとハヤトの間に、強引にミヨが体を入れる。

反撃を盾で防ぎ、二人はバランスを崩して床に転がった。

空気を切り裂きナイフが飛ぶ。スーが投げたナイフに三本の首が反応し、混乱。スーはひらりとマントをなびかせバク宙して距離を取る。

ヒドラはまたも円柱にて体勢を立て直している。

「フレイアちゃん、ナイフを。……意外に悪くないよ。戦いにはなってる」

スーが予備ナイフを受け取り、笑顔を作る。

フレイアは隙を見て転がる矢を拾い装備を回収している。

先に戦いに慣れたのはこちらだった。

ヒドラと対峙するミヨ、それをフォローするハヤト。スーとフーはミヨの動きを邪魔せずに、お互いの位置を変えてヒドラにプレッシャーをかけていく。徐々に相手の攻撃パターンが読めてきた。

「くるぞ！」

ヒドラが鞭《むち》のように頭をスイングし、ミヨの盾が吹っ飛び床に転がった。

『危ない！』

チキが悲鳴を上げるが違う。あえてミヨは攻撃を受け流し盾を手放したのだ。

すでにミヨは木刀を握っていた。そのまま目の前の首を強打する。

ヴァルキリーの『スマッシュ』が決まった。

巨大なヒドラがのけぞり初めてよろめいた瞬間だった。

「離れて！」

立て膝で弓を構えるフーの姿があった。

矢じりが青く光っている。あれは凝縮された魔力だ。

魔法の矢がヒドラに向かって飛んでいく。

矢はヒドラの首の付け根に当たり、続いて閃光《せんこう》。

見たのはめらめらと燃え上がるヒドラの姿だった。魔法の矢がヒドラを貫いた。

『やったか！』

フーが舌打ちをし、スーが初めてネガティブな表情を浮かべた。

「くっそぉ、あれって高かったのに……」

ヒドラを覆う炎が散った。莫大な魔力に消し飛ばされた。

盾を拾ったミヨがギリッと歯を食いしばる。

ここで終わるはずだった。そんな疲労の色が双子にも浮かんでいる。

「……いや、効いてる」

ハヤトの『魔力感知』スキルは変化を見つけた。

七本の頭の中で明らかにダメージを受けた一本があった。

「あの右はじの頭。あれだけ明らかに魔力が弱まってる」

冷静に観察すると見た目でもわかる。一本の首だけが明らかに細い。

なんで同じ首なのに、その一本だけが違うのか……。

「ナンバー6か？」

『そうだよ、戦ったんだから！』

チキも気づいた。約二十年前の戦いのダメージが残っているとしたら。

『ヒドラは首を斬り落としても再生する。でもね、物質的限界があって瞬時に再生するわけじゃないの。それこそ年単位でゆっくりと再生していく。同時に魔力も多く使うから……』

「あれはナンバー6が斬り落とした首だ」

ナンバー6はヒドラとの激闘ののちに一本の首を切断した。

そして聖杯を手に入れた。

つまりヒドラとの交戦はそれ以上なかったということだ。

「そのくらいのダメージを与えれば撤退するってことね。やるじゃゃん勇者さんたち」

スーが攻撃目標の首を指さし、にやっと笑った。

崩壊しかかったチームを救ったのは希望だった。

「勝つのよ、いいえ、ぶっ殺す」

ミヨの声とともに、ヒドラとの第二ラウンドが始まった。

＊＊＊＊＊

戦いは持久戦に入った。

ミヨを中心に守り双子がかく乱する。ハヤトはスキルでヒドラの動きを予測し、攻撃とミヨのフォローをする。チームの連携が強化されていた。ハヤトが言葉を発せずとも、視線で理解してくれる。

同時に相手も学習していた。

四人のターゲットを捕捉し、それぞれの首が対応する。

スーとフーが場所とタイミングをスイッチしながら攻撃するが、そのかく乱で惑わされない。

スリープしていたヒドラという魔法生物が本格稼働し始めた。

膠着《こうちゃく》状態に陥っていた。

そしてその時間は当然ながら人間サイドを不利にする。

激しい衝撃音とともにミヨがのけぞった。

そんなミヨに襲いかかる首に、ハヤトは剣で斬りつける。

その一撃は弾かれた。……もう一歩なのだ。だがその一歩が踏み込めない。

そんな剣をからめ取ろうと首をもたげた頭を、スーがナイフで斬りつけバックステップを踏む。

「このままじゃジリ貧よ」

スーが額の汗をぬぐう。一番疲労の激しいのは彼女だった。ナイフという近接武器でヒドラに対するには、激しい運動量が必要だ。さらに裸体にマントを羽織っただけの薄っぺらい装備は、身体だけでなく精神的にもプレッシャーがかかっている。

時間感覚がわからない。もう何時間も戦っているような気がする。

この演劇はまったく先が見えない。

ヒドラが円柱に巻き付き引っ込んだ。

「来るぞ、正面だ」

ヒドラが真っ赤な眼光をミヨに向ける。

ずるっとバランスを崩した者がいた。素足のスーが自分の汗で足を滑らせたのだ。

「あっ！」

ヒドラの攻撃対象がスーに向く。

だがここでヒドラの反応が遅れた。

フレイアがヒドラの攻撃範囲に走ったのだ。警戒されていない五番目のメンバーに、ヒドラの統率が乱れた。フーが弓を放ち、さらに乱れ。

「ミヨ！」

ハヤトはミヨから盾を受け取ると『堅牢』スキルをセットして、ヒドラにアタックした。

重い衝撃にハヤトは弾き飛ばされ、ヒドラの首が追尾してくる。

すでにミヨが跳躍していた。

ヴァルキリーの『兜割《かぶと》り』があの首めがけて振り下ろされる。

魔力がぶつかる音が響いた。

床に転がったのは折れた木刀の先端だった。

ヒドラにとって混乱が幸いした。別の首が割り込むように入ってしまい、そこに必殺の一撃がヒットした。それは目標の首ではなかった。

バランスを崩して床に叩きつけられるミヨ。その目前でヒドラの巨体がぐらりと揺らめいた。首の一つが脳震盪《のうしんとう》を起こしたのか揺れている。

スーとフーが距離をつめる。

「伏せろ！」

ハヤトの叫びと同時に空気を切り裂く音がした。

八本目があることを忘れていた。横倒しになったヒドラが尻尾《しっぽ》を振ったのだ。

フレイアに覆いかぶさるようにハヤトは伏せる。スーとフーも寸前でかわした。だが、そのときにまだ体勢を立て直せていない者がいた。

ミヨの体が吹っ飛び、壁に激突した。

「ミヨ！」

「背を向けるな」

フーに言われ、ハヤトは盾を持って立ち上がる。

「大丈夫です！　脳震盪を起こしているだけです。木刀でガードしていました」

素早く駆け寄ったフレイアの声。

ヒドラは七本の頭を揺らしながら再び円柱に絡みつく。

「でも、気を失っていつ回復するか……」

フレイアが必死にミヨの応急処置をしている。

ヒドラは退却しない。あのダメージではまだ戦闘続行ということだ。

『こんなんじゃ無理だよ』

「いや、そんなことない」

『魔力感知』スキルで相手がはっきりと弱っていることがわかる。ヴァルキリーの渾身《こんしん》の一撃はあの化け物に通用した。

「チキはミヨの治療の手伝いを」

「ねえ、三人でやるつもり？」

スーはこのつかの間の時間で水分補給をしている。

「俺が盾をやる。二人は今までどおり動いてくれ。スーは俺の剣を使え」

「いつまで動けばいいの？」

「ミヨが回復するまでだ」

ヒドラ討伐にはやはりヴァルキリーの力が必要だ。そしてそのヴァルキリーを傷つけた報いを受けてもらう。……決して許しはしない。

怒りの感情で恐怖は霧散した。

ハヤトは盾を構え『堅牢』『衝撃耐性』『魔力感知』をセットする。

「ヴァルキリーの復帰が先か、私たちが這いつくばるのが先か、ね」

フーがジャムを舐めてカロリー補給をし、次の戦いに備える。

ヒドラは円柱のセットポジションに戻っている。

第三ラウンドだ。

＊＊＊＊＊

その作業はとても危うい均衡状態で行われていた。

ヒドラの攻撃を受け止め続ける作業。かすり傷も許されない高難易度のゲーム。

重い攻撃は盾越しに内臓まで衝撃を与える。

こんな攻撃をずっとミヨは耐えてきたのか。

さらに盾を避けて七本の首がハヤトを狙ってくる。スーとフーのフォローがなければ、今頃引き裂かれていたはずだ。今のハヤトは聖杯という要素だけで繋がった他人に命を預けている。

これが上級の魔法生物なのか。

怒りも痛みも見せず、ただ攻撃を繰り返すマシーン。

魔王という存在はなんのためにこんな存在を創ったのだ？　人間を滅ぼすため？　だとしたらもっと攻撃的にプログラムするべきじゃないのか？

本当に魔王という存在は悪しきものなのか……。

「集中して！」

目の前でガチンと音がした。盾を避けて攻撃してきた首を、スーが寸前で防いでくれた。

ハヤトはその首を盾で殴りつけてから距離を取る。

……頭が痛い。スキルの連続使用の影響と緊張で先ほどからハヤトの頭はハンマーで殴られ続けているような痛みを発する。ぬるっとした感覚に鼻をぬぐうと手が真っ赤だった。怪我《けが》じゃない。

いつの間にか鼻血が垂れていた。

「もっといいところを見せてよ、私を惚《ほ》れさせるぐらいにさあ！」

スーがハヤトに活を入れる。

「そっちこそ、バスケのほうが動きがよかったぞ！」

視界が明滅する。こうして会話していないと精神を保っていられない。

「姉のほう、とっておきはもうないのか？」

「あれ一本であなたの年収を軽くオーバーよ」

フーは弓を背中に、細身の剣で対応している。

均衡が崩れ始めていた。

やはり疲労という要素のある人間は長期戦に不利だ。

「やるしかないわ。もうヴァルキリーを待っている時間はない」

フーがついに意を決した。

「私とスーで三本ずつなんとかする。だからあなたが斬るのよ」

「どうやってなんとかするんだよ」

「どうにかするしかないわ。時間がないのだから」

フーの言う時間とはタイムリミットのことだ。

聖杯返還の儀。これ以上ここで時間と体力をすり減らすとゲームオーバーだ。

「待て、そういうのは絶対に失敗する」

「やるしかないのよ。覚悟を決めて」

ヒドラの七本の首がぐねぐねと動いている。

確かにこのままではジリ貧だ。ここまでヒドラの長所を消すような消極的な戦いをしてきたが、もうそれは通用しない。

「いくわよ」

「待て、もう少し待て」

ハヤトは感じていた。あと少しで回復する。

「最後の矢よ。これでけん制するから覚悟を決めなさい」

フーが弓を手に持ち走る。スーも同時にマントをなびかせ動いた。

ヒドラがハヤトに向かって攻撃を仕掛けた。

そのとき、背後で声が響いた。

「こっちに！」

声にハヤトは盾を投げる。

ミヨが走っていた。待ちわびたヴァルキリーの復帰だった。

チキが飛び、フレイアも走った。

双子とチキとフレイア、その動きにそれぞれ四本の首が反応する。

残りの三本と、盾を構えたミヨが激突した。

シールドごとの強引なクラッシュだった。

「決めてよ！」

スーがこちらに剣を投げ、そのまま後転して距離を取る。

ハヤトは剣をキャッチし、あの首を確認した。

『魔力感知』『高速思考』『身体強化』『斬撃』の四つの並行使用。

ハヤトはその一歩を踏み込み、剣を振り下ろした。

ホールに甲高い咆哮《ほうこう》が反響する。

尻もちをつくミヨ、ホールを舞うチキ、戦闘態勢を取るスーとフー、立ちつくすフレイア。

その視線の前でぼとりと首が落ちた。

「気をつけてください！」

我に返ったフレイアが叫び、ハヤトは床を転がるように距離を取る。

目の前でヒドラがパニックになったかのように蠢いている。機能を損傷して指揮系統にバグが生じたのだろう。

ハヤトは駆け寄ってきたフレイアを抱きしめ、その様子を見守る。誰も言葉を発しない。

しばらくグネグネと蠢いていたヒドラは、円柱に絡みつくと上っていった。

……退却した。

『やった！』

足元を這いずる何かがあった。それはハヤトの足に向かって動き――。

そのヒドラの頭は脳天を貫かれて動きを止めた。スーのナイフだった。

「勝ったね」

スーが足元の首を見て、やっと表情を緩めた。

「その格好で勝てるとはな」

「こういうときにやめてよね」

スーがマントで自分の裸体を隠す。

「ハヤト様、よかったです」

涙ぐむフレイアを抱きしめ、そのまま振り回す。

『すごいよ、ヒドラの首を取ったらそれだけで討伐したも同義だから』

チキが鱗粉《りんぷん》をまき散らして喜んでいる。

やっと思考が整理された。戦いに勝ったのだと認識した。

ぎりぎりの戦いを生き延びることができた。

フーを見るとホールに転がる矢を拾い集めていた。

「それより、時間がない」

彼女だけは勝利の輪に入ろうとはしない。

「そうだ、聖杯だ」

聖杯をすり替えることがゴールだ。でなければハヤトたちはお尋ね者になる。

「あっちの出口ね。聖杯の間はすぐだと思うよ」

スーがハヤトの背中を軽く叩いてうなずく。

「ミヨは大丈夫か？」

「うん」

なんだかミヨの表情が優れない。無理もない。ずっとあの攻撃を正面から受け止め続けたのだ。

ヴァルキリーの祝福とこの盾に感謝しかない。

「行こう」

ハヤトはミヨの手を握ると、円形舞台の出口に向かう。

「急いで」

フーに急《せ》かされ通路を進む。すぐにその場所はわかった。

正面にアーチがあり、その中から強い魔力を感じる。

アーチの前に立つと部屋の灯りが灯《とも》った。

「ああ……」

こぢんまりとした空間には、いくつもの台座がありそれぞれに盃《さかずき》が載っている。

『思ったより、早いな』

その声は部屋の中からだった。

『トレントだよ。エルフが作った魔法生物』

部屋の中央の柱。それは喋《しゃべ》る樹木だった。

『十七年ぶりだ。聖杯を取りに来たのか？』

直接脳内に囁《ささや》かれるような声だった。

「はい。エルフに返還をいたします」

ハヤトはアーチの前に立つ。

『入れるのは一人。持ち出せる聖杯も一つ。そして一回持ち出せば扉は十年閉ざされることになる。故に慎重に選ばれよ』

背後を見るが、誰も何も言わない。

ここは勇者の祝福を持つ者がやるべきことだ。

ハヤトはゆっくりと聖杯の間に足を踏み入れる。

ガタンという音に見上げると、何かが回転していた。

『砂時計だよ、あれ。エルフの郷の近くの海岸の星の砂を使ったやつ』

チキがついてきているが、人数には入らないようだ。

『早めに選択しろ、勇者の祝福者よ。あの時計の砂が落ちきればここを守る魔物が解き放たれる』

「魔物ってなんだよ。時間はどれくらい？」

遠くからするうなり声は、ハヤトが初めて遭遇した魔物、ハウンドのものだ。

『星の砂は歪《いびつ》な形で落ち方が予測できない。三分かもしれないし一時間かも。とにかく急いで』

チキが慌てている。今はとにかく聖杯だ。

見回すと十の台座があり、九つの盃が載っている。

一つはナンバー6が持ち出した。そして本物はどれだ……。

『魔力妨害の魔法がある』

チキの言うとおり『魔力感知』が効果を発揮しない。

黄金の盃やルビーの盃。どれも見ただけで価値があるとわかる。

そのうち三つがシンプルな木製だ。

『あー、そうきたか。なんとなく木製だと思ってたけど複数あるとはねえ……え？』

「これだ」

ハヤトは頭を抱えるチキの横で、すでに聖杯を選んでいた。

これが聖杯だという確信があった。

『それでいいのか。部屋を出たら十年閉じることになるぞ』

「ええ」

ハヤトが手に取ったのはなだらかなラインの木製ジョッキ。

『なんか君らしい』

チキがジョッキに座っておどけてみせた。このすっぽりとはまる既視感にハヤトも微笑《ほほえ》む。

初代勇者は三百年前にこの盃で乾杯した。

「それでは責任を持ってエルフに届けます」

『わかった』

トレントはそれだけ言うと沈黙し、ただの木となった。

「行こう、これでゴールは目前だ」

ハヤトは聖杯を手にアーチを潜《くぐ》り抜《ぬ》ける。

同時にアーチはただの壁に変貌した。これから十年はもうこのままだろう。

「ハヤト様……」

感極まったフレイアにうなずいてやる。そしてミヨにも……。

「どうした？」

ミヨがいきなりへたり込んだ。見ると全身に汗をべっとりとかいている。

『その腕の傷、まさか……』

「うん、最後のあのときに、かすめた」

ミヨ腕についていた赤い線は傷あとだった。

「まさか、じゃあミヨは――」

「動かないで」

フーがこちらに弓を向けていた。

「ヴァルキリーが毒を食らったのは運がよかったわ。聖杯をこっちに」

フーが聖杯に視線を向ける。

「なに言ってんのよフー。そんなことしてる場合じゃ……」

「黙れ」

フーの声にスーが固まった。

「まず聖杯をフレイアに。そしてスーに渡しなさい」

フーはミヨに弓を向けながら淡々と言う。本気の目だった。

「待て、こんなことをしている場合じゃない。時間が経つと魔物が放たれると」

「なおさら急いで」

フーが弓を引き絞る。

「わかった、やめろ」

ハヤトは聖杯をフレイアに渡す。

「革袋を二つ預けてたでしょ。その一つに入れてスーに渡して」

フレイアは動揺しながらも、茶色い革袋に収めた聖杯をスーに手渡した。

「傷つけないよう運ぶのよ」

フーは弓の照準をハヤトに合わせながらスーに言う。

「なんでこんなことをする？　俺たちはチームメイトだったはずだ。そして目的は同じだろ。聖杯を交換したいのは俺も同じだ」

「あなたはエメラルドの傷だとのこと」

フーが指を動かした。それが『さようなら』のハンドサインだと認識したときには落ちていた。

小さな玉は床を転がりながら煙をまき散らす。狭い通路の視界が一気に失われる。

「先に行きなさい、スー」

同時に矢が放たれ、ひゅっと空気を切る音が——三回。

＊＊＊＊＊＊

「なんであんなことをしたのよ！」

スーは聖杯の入った袋を抱えながら走り、フーの行動を責めていた。

「いいから急げ」

フーの表情は冷たいままだ。

「なんで三本撃ったの？　ヴァルキリーもフレイアも殺したの？」

死闘を繰り広げたばかりの円形舞台を抜けて、あの柱の間に突入する。

スライムの姿はない。ヒドラとの死闘の間に元の場所に戻ったようだ。

「私は疲れてた。だからヴァルキリーとミゼットへの矢は外れた」

フーの言葉に、ほんの少しだけ安堵《あんど》する。

「じゃあ七番目は？」

「狙った」

おそらくフーは聖杯奪還後に裏切れとの指令を受けていたのだ。

フーがジェシカの命令に背くことなどあり得ない。

でもいいのか？　彼らは味方ではないが、この迷宮攻略ではチームメイトだった。それを一方的に裏切ることは正しいことなのか。

「七番目のおかげで、聖杯が手に入ったのよ。彼の祝福のおかげで」

聖杯を入れた革袋を握りながら走る。

「祝福があるなら、あの矢を避《よ》けられる」

「でも……」

咆哮が聞こえた。この遺跡の防衛機能が作動しようとしている。エルフは遺跡を無意味に荒らされないよう魔物を配置していた。あの声はハウンドだ。それも一頭ではない。

「今は集中して、時間がない」

目の前にあの暗闇があり、フーが糸をたどって突入する。

スーもそれに続く。糸が張ってあるといっても危険な空間だ。

暗闇から抜けると、フーがその糸にナイフの刃を向ける。

「やめて、もういいでしょ」

スーが止めると、フーはナイフをベルトに差して走り出した。

思った以上に迷宮が狭く感じる。迷いながら歩いた行きと違い、帰りは一本道だ。

「つっ！」

何かを踏んで顔をしかめる。見ると宝石の破片が落ちていた。なんの価値もない原石だ。

「足に巻いて。他の装備は外で」

フーが布を投げたので、それを足に巻いて走る。

スライムのトラップ、そしてヒドラとの死闘で全身が鉛のように重い。だが、走らねばならなかった。聖杯を届けるというより、ここから逃げ出したかった。ここは仲間だった人間を裏切り見捨てたという、自分の罪が封印されることになる場所だ。

今まで裏切られたことは数多くあった。だが、自分がその裏切る側に回るとは……。

光が見えた。狭い迷宮からの脱出だった。

スーは逃げるように迷宮の出口から飛び出した。

「休んでる暇はないわ。すぐに出発よ」

カーゴはしっかりと繋がれていた。

フレイアが適切に管理してくれたおかげだ。

予備の装備も無事だ。まずは下着をつけ、革のベルトとナイフを装備する。替えのシャツなどは迷宮で紛失してしまった。

装備をカーゴに載せ、その中から携行食を取り出し、地面に置いた。

「無事を祈ってる」

終わったことを考えても仕方がない。

エメラルドのために本物の聖杯を届けることが任務だ。

「返還の儀は今日の昼過ぎよ。全速力で行けば間に合う」

すでにフーは準備を終え、カーゴに乗っていた。

スーも聖杯を胸にカーゴに飛び乗る。

迷宮内からハウンドの咆哮が聞こえるが、この距離ならば大丈夫だ。

自分は疲弊しているが、カーゴの休息は充分だ。

スーは一度だけ迷宮を振り返る。

「祝福を受けた者だったら、乗り越えて」

二羽のカーゴで森を走り出す。

スーはマントのフードをかぶりカーゴのリズムに合わせて騎乗する。

ふと前を走るフーに緊張感が走るのが見て取れた。

「まずい、待ち伏せされていた」

霧の森の中で周囲に気配を感じた。

魔物ではない。この生臭い悪意は人間のものだ。

「盗賊まがいの傭兵《ようへい》部隊をルイージで目撃した。やはりルイージが雇ったのね」

「どうするの？」

「突破するわ、備えて」

霧の中からカーゴの集団が姿を現した。

第四章　チェイス＆エスケープ

ぬるりとした生暖かさを額に感じた。

ホールに向かって煙が流れ、視界がだんだんと晴れていく。

『ねえ、君！』

ぼやける視界にチキが映った。そして顔の真横に刺さる棒。フーの放った矢はハヤトの側頭部をかすめて壁に突き刺さっていた。

「ミヨ、フレイア！」

我に返って横を見る。そこにはフレイアに覆いかぶさるミヨの姿があった。二本の矢は大きく外れた位置の壁に刺さっていた。

二人の無事に安堵《あんど》しながらも、思考は霧がかかったままだ。

何が起こったのかわからない。どうしてこんなことになった？

「ミヨさん、ミヨさん！」

起き上がったフレイアがミヨを揺すっている。朦朧《もうろう》としているミヨの姿。

……そうだ、ミヨはヒドラの毒を受けていた。

「俺の治療より、ミヨを」

ハヤトは額に鱗粉《りんぷん》を振りかけるチキに指示をする。

『解毒はできない』

ハヤトは解毒のスキルを探した。だが見つけたそれは、今の自分では扱えないことがわかった。あまりに複雑でいて大量の魔力が必要だ。

目の前の光景を受け入れられず、ただ立ちつくす。呼吸が乱れ心臓の音が早鐘を打つ。

「しっかりしてください！」

ハヤトを引き戻してくれたのはフレイアの叱責だった。

「ハヤト様がそんなんでどうするんですか!?」

そうだフレイアの言うとおりだ。無能な自分を責めるのはあとでもできる。

『君たちは裏切られたの。聖杯は持って逃げられた』

「報いは受けさせる。でも、今はそんな場合じゃない」

最優先事項はミヨだ。ミナミたちも心配だが、あの二人が聖杯を運べばその問題は解決する。

『ミヨ、解毒を意識して。ヴァルキリーは毒耐性のスキルを持ってる』

ミヨは朦朧としながらもハヤトにうなずく。まだ彼女はあきらめていない。

咆哮《ほうこう》が響いた。この迷宮の防衛システムが作動しようとしている。

「とにかく脱出だ」

ハヤトはミヨを抱きかかえて立ち上がる。

円形舞台にヒドラの姿はない。また何年もかけて首を再生させるのだろう。

『あの頭！』

チキが叫ぶ。転がっていたのはハヤトが斬り落とした首だった。

『あれで解毒薬が作れるかもしれない。ミナミの賢者ギフトに錬金もあるから』

フレイアの動きは早かった。ナイフで貫かれたヒドラの頭を慎重に革袋にしまう。

「ミナミは解毒の魔法は使えないのか？」

『そんな高度な魔法を使えるのはエルフぐらい』

……エルフ。

ここでハヤトは解毒における二つの選択を得た。

まずはヒドラの首で解毒剤を作ること。

もう一つはエルフに解毒の魔法を使ってもらうこと。

そしてどちらの選択をするにしても向かうべき場所がある。

「ジュリアだ」

ジュリアに行けばエルフがいる。聖杯を返還した対価として魔法を使ってもらえばいい。

「それまで耐えろよ、絶対にだ」

「ええ、毒ぐらいでやられない。魔物が追いかけてこようとも平気」

ミヨが盾を握りながらうなずく。そうだこんなところで終わるわけにはいかない。

「走るぞ！」

ハヤトはミヨを抱きかかえて走る。フレイアも装備を抱えて続く。

『カンテラがないけどどうする？　私、来た道を覚えてないけど』

「目印は落としてある。それをたどってくれ」

発光するチキの光を反射するものがある。それは宝石の欠片《かけら》だった。川で採取した原石を目印代わりに落としてきたのだ。

そんな光のラインをたどりながら柱の間を抜ける。

そしてあの闇の結界。

「糸は残ってます」

フレイアが糸をたどって先に進む。

そして闇を抜けて再び走る。疲れなどは感じない。焦燥や怒りの感情が混濁して体の感覚が麻痺《まひ》している。ふわふわとした雲の中を走っているようだ。

半球型のアトリウムに入り、久しぶりの淡い光を浴びる。

三人はその光に一瞬だけ動きを止めた。

そして咆哮。今度は近い。

『きっと砂時計が落ちた。魔物がもう解き放たれた！』

チキの声に我に返り再び走る。ここまで来れば出口はすぐだ。

「ハヤト様、急いで！」

荷物を背負ったフレイアが先導してくれる。

とにかく走る。すると一気に視界が緑に包まれた。

「ああ……」

外だ。朝日が昇っていた。深緑の樹海と朝もやがとても美しい。

生還できた安堵で心が緩み、今まで溜《た》まっていた疲れが全身にのしかかる。

「カーゴも残ってます」

フレイアはすでにカーゴの準備をしていた。

「ミヨはフレイアの後ろに乗るんだ。できるだけ動くな。魔物が来たら俺が対処する」

フレイアが騎乗したカーゴの後ろにミヨを乗せる。

周囲を見ると赤い瓶が一つ落ちていた。これはあの双子の携行食だ。

「少し食べろ。ここからノンストップだ」

ハヤトは指でリュテニツァをすくってミヨとフレイアの口に入れる。残りをまとめて舐《な》めると、痺《しび》れるような辛さが全身に広がった。鼻孔に抜ける甘み。全身がカロリーを求めていたことを知らされた。

まずはフレイアとミヨの乗せたカーゴを走らせる。

『魔力感知』スキルはすでに魔物をサーチしていた。今回は群れだ。

「行くぞ、チキ」

剣を握って騎乗する。

ジュリアまでの疾走が始まる。

＊＊＊＊＊＊

『接近されてる！』

朝の森の中を駆け抜ける。

「もう迷宮からずいぶん離れたぞ」

森の鳥だけあり、カーゴは森の木々をすり抜け走っている。だが魔物を振り切れない。

『いったんターゲット扱いされたら終わりなんだよ。振りきるか倒すしかないよ！』

ちらりと後ろを振り返る。フレイアはカーゴの騎乗経験があるらしく、遅れずについてきてくれている。ここはポジションを入れ替えて時間を稼ぐべきか。

「フレイア、前に！」

ハヤトは決断した。こちらに注意を引きつけ先に行かせるしかない。

『落ち着いてね。ついこないだに一頭の討伐に苦労してたんだよ。今回は群れだから』

「時間を稼げればいい」

あのヒドラと戦ったのだ。ハウンドのような魔物を恐れることはない。

だがその代償も大きい。あの戦いで力を振り絞った。魔力量という概念があるのならば、今のハヤトはもうエンプティーランプが点滅している状態だ。

「フレイア、ヒドラの首で解毒剤を作るプランだ」

「駄目」

それを制したのはミヨだ。

「メンバーが欠けることは許さない」

盾を握るミヨの瞳がぎらついている。ハヤトが犠牲になろうとの思考を悟られたようだ。

すでに攻撃的な魔力に囲まれている。

『今回ははぐれじゃなくて群れで行動するハウンドよ。攻撃的じゃないけど迷宮を荒らした制裁を与えるという役目を持っている』

手持ちの武器が少ない。弓もミュウのような射撃技術もない。

剣にもう少しリーチが欲しいところだが、馬と違いカーゴは背が低いため攻撃は届く。やはり手持ちのカードでやるしかない。

獣の吐息がすでに背後にある。

「ポジションを入れ替えよう。ミヨは左に」

右利きのハヤトが剣を使えるポジションにいたほうがいい。

「ミヨは盾で防いでくれ。でもあまり動くな」

二羽のカーゴで横列になって走る。

こちらの陣形を整えているうちに、あちらも準備を終えていた。

いきなり茂みから黒い影が飛び出す。ハヤトはそれに剣を合わせるが空振りした。ハウンドはターンして森の中に消える。

相手は持久戦を選択したようだ。

ときおり茂みから飛び出しカーゴにプレッシャーを与えるが、深追いはしてこない。

こちらの被害はないが相手も同じだ。

『後ろ！』

チキの声に我に返り再び剣を振るった。

背後から別のハウンドがカーゴに接近していた。

『気を抜かないで！　カーゴを狙ってる』

「わかってる」

今のは危なかった。食いつかれたら一瞬で群れに襲われる。

「落ち着け、お前も守ってやるから」

ハヤトはカーゴにも声をかける。魔物のプレッシャーにさらされカーゴが急激に疲労している。

だが脚が止まれば終わりだ。

今度は左サイドからハウンドが飛び出し、それをミヨが盾で弾《はじ》き返《かえ》した。

『引き離そうとしてるから気をつけて』

「そんな知能があるのか？」

『相手は群れに損害を出さずに狩るっていうプログラムがされている』

軍隊として動いているということだ。集団としての知性を持っている。

「やばいな……」

群れの行動をサーチして改めて恐怖する。確かに魔物の群れはとても規律正しく動いていた。

まずはカーゴを疲労させるためにプレッシャーをかけている。

このままジュリアまで逃げ切ることができるのか……。

それから地道な戦いが始まった。

複雑な樹海の地形を走るだけでも疲弊する。

周囲を囲む獰猛《どうもう》な魔物のプレシャーを受けるのはハヤトよりもカーゴだ。

「ジュリアはまだか……」

朝日は昇ったが闇は続く。そして街までの距離もわからない。

『危ない！』

ハヤトはカーゴの手綱を引く。進行方向にハウンドが走り出たのだ。

そのハウンドはすぐに森に消えたがこちらの陣形が崩れた。

「落ち着け、落ち着いてくれ」

ハヤトはカーゴの体に触れてパニックを必死でおさえる。

ミヨたちのカーゴもばててきた。フレイアがいくら軽くても二人を乗せている。

「陣形を組みなおそう。俺が前に回るからそっちは後ろに」

スピードを上げるしかない。そうなると前方からの攻撃が危険だ。

ミヨたちの乗るカーゴの息が上がっている。

フレイアをこちらのカーゴに乗せて負担重量を減らしたほうがいいだろうか。いや、駄目だ。

ミヨは毒に耐えながら盾で攻撃をガードし、カーゴを操作などできない。

……頭が痛い。

スキルを使いすぎてズキズキする。だが、やめるわけにはいかない。

本当に逃げ切れるのか？

どれほど時間が経《た》ったかわからない。それほどハヤトもカーゴも疲弊していた。

『霧が晴れてく』

完全に朝になった。

「街はまだなのか……」

まばゆい太陽を見た感想はそれだった。これだけ走っても樹海を抜けられないのか。

「チキ、ジュリアの女神像は見えるか？」

こちらからのルート、ジュリアの街の近くに巨大な石像があると聞いた。

巨大な岩山を削って造ったとされるシンボルは、初代勇者がデザインしたという。

『見えない。わからない』

チキは絶望的なセリフを吐いた。

速度が落ちる。それは群れの勝利だった。相手を疲弊させて群れの損害を最小限に獲物を始末する。相手は魔王が作った規律正しい殺戮《さつりく》兵器なのだ。

「女神は、見えた」

ミヨの声だった。振り向くとミヨが笑っていた。

前方を見るがそんな巨大な建造物など見当たらない。ミヨの意識が混濁している。

「しっかりしろ、天国に招かれるな」

「ちゃんと見て。ほら」

「あっ……」

ハヤトもやっと見えた。まさに女神だった。ハヤトのマントをなびかせ走るその姿。

あの双子だった。激走の末についに追いついた。

同時に周囲のプレッシャーが薄れた。群れが陣形を再構築している。

「出し抜いたことを後悔させてやる」

『待って、何かおかしいよ!』

飛行するチキが警告する。

スーとフーはカーゴをジグザグに走らせ逃げていた。

ここで疑問が生じた。なんでハヤトたちは追いつけたのか。

そして気づいた。『魔力感知』は魔物とは違う悪意をサーチしていた。

『交戦してる!』

スーとフーは何者かと戦っていた。

損傷が激しいのはスーのカーゴだ。よく見るとカーゴの体に矢が突き刺さり、彼女のマントにも真っ赤な染みが広がっている。

ひゅんひゅんと森を飛び交っているのは矢だ。双子も何者かに囲まれ攻撃を受けている。

「どうする？　後ろも前も大変だけど」

「決まってるだろ、だったら前進するしかない」

ハヤトとミヨは視線を交わして決断した。

何が起こっているがわからないが、この交戦は幸運だ。ハウンドの群れに殺される以上の不幸はないからだ。そしてうまくいけば聖杯を取り返せる。

エルフに貸しを作ればミヨの解毒も可能だ。

まずハヤトの接近に気づいたのはスーだった。振り返った彼女が硬直し、それが隙になった。

ぐらりとスーがバランスを崩し、木々の間から飛んできた矢がカーゴにまともに突き刺さった。

スーが必死で立て直すが、よろけたカーゴは目の前の木にクラッシュした。そして宙に舞うスーの体。ハヤトの『高速思考』スキルで彼女の墜落する姿がスローに映る。

木に衝突する寸前でスーは跳んでいた。体勢を立て直し着地するが、勢いを殺せずに再び宙を舞い正面の大樹に激突――する前にハヤトがスーの腕をキャッチした。

『ぶつかる！』

スーの腕をつかみながらカーゴの手綱を操作する。だが遠心力でスーの体が外側にぶれてしまう。

「くっ」

スーが驚異的な身体能力を発揮して大樹を蹴った。その勢いのまま宙返りをしてハヤトのカーゴに飛び乗る。

二人分の重量を載せたカーゴがぐらつくが必死で立て直す。

「前が見えない、頭を下げろ！」

スーの体が前にある。彼女はハヤトと向かい合うようにしてカーゴに乗っていた。

ハヤトはどうにか木々をすり抜けて、スーと対面する。

下着だけの半裸のスーの体。その腰には革袋が下がっていた。……聖杯だ。

カーゴを操作しながら目の前の聖杯に手を伸ばす。

「あっ」

スーが悲鳴を上げる。彼女が避《よ》けたため、ハヤトの手がつかんだのは革袋ではなく胸だった。

「何すんのよ馬鹿！」

「お前こそ裏切りやがっただろうが！」

揺れるカーゴの上で二人は取っ組み合いになる。

「頭を下げて！」

スーに頭を押えられた瞬間、頭上をひゅんと矢がかすめる。

「まず話し合いましょ！」

「俺たちを殺そうとしておいて話し合いか？」

『そんな場合じゃないって！』

チキが争う二人の間に割って入る。

さらに背後から矢が飛んでくるが、フレイアのカーゴが割り込みミヨが盾でガードする。

「お前は誰と戦ってるんだ？」

「ビーよ。蜂って呼ばれる最悪の傭兵《ようへい》集団。あなたたちがマークされ待ち伏せされていた。きっとルイージが雇ったのよ。盗賊まがいの最悪で最低な連中よ」

やはり箱の聖杯が偽物であるとルイージにもバレていたのか。

「人数は十人以上。だから今ここで争ってる場合じゃないの、協力して」

「枕詞《まくらことば》に最悪がつく連中とやり合う覚悟はねえよ」

それに一度裏切った人間はまた裏切る。もう利用されるのはごめんだった。

「右に赤！」

ミヨが盾で矢を防ぎながら叫ぶ。

見ると並走するカーゴに乗る赤髪が見えた。フーが弓を構えてこちらを狙っている。

やはり油断させて殺す気だ。

「待って、もういいでしょ！」

スーが必死の形相で叫ぶ。双子間で意思の疎通ができていない。それとも演技なのか。

「失敗したにしても命令は遂行した。だから終わりにして！」

……命令？　やはりジェシカの指示だったのか。

「あなたもお願い、もう一度チームを組んで」

だがフーの弓はこちらに照準をつけたままだ。

「フー、お願い！」

スーの声と同時に矢が放たれた。その矢はスーとハヤトの鼻先を抜け、飛ぶ。

目の前をかすめる矢。そしてどすっと音が聞こえた。

はっと左を向くと、いつの間にかカーゴで並走する男が剣を振りかぶっていた。その男がずるりとバランスを崩す。フーの放った矢が男の肩に突き刺さっていた。

そのまま男は落下し、空馬となったカーゴだけが森を走る。

地面を転がる男に黒い影が襲いかかった。

ハウンドだった。魔物のターゲットに傭兵団も追加された。

「あれも連れてきたの？」

スーが天を仰いでいる。

「悪くない。おかげで傭兵団の連携も崩れているわ」

並走するフーが予備の弓をスーに投げる。

「その前に謝れ。俺はともかくフレイアとミヨにも矢を放った」

この状況でも許せることじゃなかった。

『ねえ、そんな場合？』

「これはけじめだ。俺はまだ許してない」

ハヤトは裏切り実行犯のフーを睨《にら》みつける。

「……私は聖杯の奪取と七番目の処分を命じられた。しかし処分の任務は失敗。以上」

「以上かよ！」

「ねえ、お願いだから早急に話をまとめて！」

後ろ向きにカーゴに乗るスーが泣きそうな顔をしている。

「お前の姉にもっと真摯に謝罪しろと伝えろ」

「フー、ちゃんと謝って！」

「協調は聖杯を手に入れるまでという契約だったわ」

「ほら、謝ってるからあなたも許してあげて」

「今のどこに謝罪要素があったのか問いただせ」

「お前らふざけんなよ！　伝言ゲームやってる場合じゃないでしょ！」

スーが怒声を上げ、チキも『状況を考えろ！』と取り乱している。

「……わかった、一時的に協調だ。妹の愛の告白を受け入れてやる」

「そうじゃないけど、話はまとまったってことでいいね！」

ミヨを助けるにはもう一度協調するしかない。裏切者の靴でも舐める覚悟があった。

後ろを走るミヨの顔が真っ青だ。毒が回っている。さらにその状況で傭兵団からの矢を防いでくれている。ミヨの盾は突き刺さった矢でハリネズミのようだ。

「カーゴを頼むよ。迎撃する」

スーが弓を構える。彼女の胸が顔に押しつけられ視界が遮られる。

乱戦が始まった。

傭兵団とハウンドが入り交じった大混戦だ。

「散開して魔物を迎撃しなさい！」

森を走る傭兵団の声が響いた。どこかで聞いたことのあるものだった。

木々を走り抜ける女性の姿が見えた。ポニーテールをなびかせて走るその姿。

「デジー」

ルイージのレース、そして聖杯を賭けたギャンブルで関わった。

デジーは最悪と称される傭兵団のメンバーだった。

「マントで陽動作戦？　なかなかやるじゃない」

デジーがスーを見てにっと笑う。スーにハヤトのマントを羽織らせたのは偶然だったのだが、こちらの作戦だと誤解してくれたようだ。

デジーとスーが同時に矢を放った。

スーの矢は木に当たり、デジーの矢はハヤトが剣で弾いた。『高速思考』と『迎撃』スキルが発動した。

傭兵団だけに気を取られるわけにはいかなかった。ハヤトたちは依然ハウンドのターゲットから外れていない。藪《やぶ》の中から飛び出すハウンドをスーとフーが矢で迎撃するが、やはり矢では致命傷を与えることができない。

「もう少しスピード出ない？　勇者さん」

「これが精いっぱいだ」

スーを支えながら森を走っているだけでも称賛されるべきことだ。

「矢が切れた」

舌打ちするスーはちらりと横を見た。

そこには傭兵を振り落とした空馬のカーゴが並走していた。

「あのカーゴに飛び移る。武器も搭載してるし二人乗りはこれ以上無理」

「わかった」

「スピードを合わせて」

ハヤトはそのカーゴに寄せてリズムを合わせる。

ひらりとマントが舞った。スーは宙返りするように隣のカーゴに飛び乗った。

「しまった」

飛び移ったスーが腰のベルトを押さえている。

「慰謝料だ」

ハヤトはにやっと笑いカーゴの速度を上げた。手には聖杯の入った革袋がある。

「ミヨ、しっかりしろ。絶対に助ける！」

振り返ると、ミヨの意識はまだある。頼むぞヴァルキリーの加護。

混乱に乗じて双子も引き離した。このままジュリアだ。

「あっちが聖杯かもしれない。狙って！」

デジーの声が聞こえ、フレイアのカーゴに矢が飛んでくる。

フレイアの持つ革袋が聖杯だと勘違いされている。このままでは攻撃目標にされてしまう。

「フレイア、こっちにパスだ」

フレイアがヒドラの頭が入った革袋を放り投げる。
ハヤトはカーゴを操作し手を伸ばす。
「あっ」
が、その手は空振り、カーゴで走り込んできたフーにキャッチされた。
「交換よ。その革袋をこっちに」
フーはあくまでも自分で聖杯を運ぶつもりだ。
『だから前を見ろってばよお！』
目前に迫る巨木を寸前で回避し、フーとの距離が開いてしまう。
「危ない！」
ミヨが叫んだときには、すでに剣を振りかぶるデジーが横にいた。
剣がぶつかり火花が散った。
デジーの狙いは聖杯だ。聖杯を奪ってこの混乱から離脱する気だ。
さらに騎乗しながらの剣戟《けんげき》が続く。
『フック！』
ハヤトの肩につかまるチキが叫んだ。
剣に夢中なって足元を忘れていた。デジーの靴がギラリと光る。
フックじゃない。装着されていたのは刃物だ。そのままカーゴの腹を刺す気だ。
デジーのキックをサンダルの底で受け止める。刃は靴底でなんとか止まった。

そのまま二人はもみ合うように並走する。

バランスを崩したのはハヤトだった。

木々を避けて、カーゴを守り、剣からも自分を守る。こなすタスクが多すぎた。

ナイフが飛んだ。デジーの投げた暗器だ。

「くっ！」

ナイフは避けたが聖杯の入った革袋を奪われた。そのままデジーは速度を上げ離脱を試みる。

「逃がすか！」

ハヤトはカーゴをデジーにぶつけた。

『跳んで！』

目の前に小川が迫っていた。

ハヤトとデジーは同時にカーゴを羽ばたかせジャンプする。

着地して強引にカーゴを寄せる。剣と剣を合わせ、二人は絡み合うように並走する。デジーは革袋を胸元に押し込んで応戦している。交戦することに精いっぱいで革袋を奪えない。デジーがパンチを放ちそれをガード。革袋に手を伸ばしたところに指での目つぶしがきたので、ハヤトはそれを左手で受け止める。

『前に木があるよお！』

前方に大樹。だがここで逃がすわけにはいかない。

だがこのままでは激突だ。落下すればハウンドに八つ裂きにされる……。

そのときデジーの胸元に伸びた手があった。

「フレイア！」

ミヨのカーゴから飛び移ったフレイアが聖杯の革袋を奪った。

『避けて！』

びゅんと真横を大樹が通過し、デジーのカーゴから離脱する。

「ミヨは！」

振り返るとミヨはスーに支えられながらカーゴの手綱を操っている。

「あっ」

ミヨに気を取られたハヤトはその次の木を完全に避けきれなかった。

肩をぶつけてぐらりと揺れ、しがみついていたフレイアもずるりとカーゴから滑る。

「それを捨てろ！」

思わず叫ぶ。フレイアは聖杯を抱えているため体勢を立て直せない。

「駄目です！」

必死で聖杯を守ろうとするフレイア。だが落ちたらハウンドの餌食となる。

「いいからつかまれ！」

フレイアを支えようとしたが遅かった。

バランスを崩したフレイアは揺れるカーゴから投げ出されるように、落ちた。

「フレイア！」

その悲劇は回避された。

墜落寸前に、カーゴを加速させたフーがフレイアをキャッチした。

「これで交渉成立」

フーが聖杯を抱えたフレイアをカーゴに乗せながら、ヒドラの入った革袋をハヤトに放り投げる。

ハヤトはヒドラの首を受け取り、カーゴの手綱を操作する。

聖杯を奪われたことよりも、フレイアが助かったことに安堵する。

何はともあれ、この時点でハヤト陣営が二つのキーアイテムを手に入れたことになる。

「ただ状況が悪い」

フレイアを抱きかかえるフーが言う。

「傭兵もだけど、森の中ではハウンドを振り切れない」

遺跡を離れてなお追ってくるというのか。

「女神よ」

朦朧とするミヨがつぶやいた。今度こそハヤトもそれを見た。

木々の緑越しに巨大な石像の輪郭がちらりと見えた。

「あれが見えたら森の道もある。道に出てハウンドを振り切るしかない」

スーの言うとおり道に出るしかない。障害物の多いこの森はハウンドのホームだ。

ハウンドに追われながら四羽で森を走る。

『もうすぐ抜けるよ!』

チキの声と同時に抜けた。そこは木々が作るアーチのトンネル。平らな障害物のない道だった。

「このままスピードを上げて……」

スーがごくりと唾を飲み込んだ。

ハヤトもその音を聞いた。背後から迫ってくるのは蹄《ひづめ》の音だった。

「騎馬の別動隊。あれも傭兵団よ」

フーがハヤトたちに警戒を促す。

カーブを曲がり直線に出たとき、それを見た。

五頭の馬が走っていた。

そしてハヤトは先頭を走る男を知っていた。あの黒装束はレースで対決した男だ。やはりあの男も傭兵団の一員だった。

男は弓を構えてにやりと笑った。

「前に行って！」

殿《しんがり》を買って出たのはミヨだった。放たれた矢を盾で受け止める。

まるでマシンガンだ。木片が散りミヨの盾が砕けていく。

そのとき道に黒い影が出現した。ハウンドだ。幸運にもハウンドは騎馬隊をターゲットにして突っ込んでいく。

ぬいぐるみのようにハウンドが吹っ飛んだ。騎馬兵が槍《やり》を振り回し迎撃したのだ。先端に斧《おの》がついた形状の武器、ハルバードだ。

ハウンドなどものともしない重量感ある突進だった。

「これ以上は無理！」

激しくマントを振って矢を弾くスーが弱音を吐いた。

障害物の少ない道では馬のほうが速い。そしてあのハルバードの攻撃範囲に入ったら一撃でおしまいだ。こうしている間にもどんどん距離が縮まっていく……。

「森に入るぞ！」

小型のカーゴと違い、道なき森を重装の馬は走れない。

『まだハウンドがいるよお！』

「そっちのほうがマシだ！」

相手は戦闘のプロだ。あの化け物よりもハウンドを相手に森を走ったほうが可能性はある。

再び五人は樹海の中に飛び込む。

「森をショートカットすれば騎馬隊よりも早く森を抜けられる」

フレイアを乗せるフーが言う。フレイアはしっかりと革袋を抱えている。

ハヤトは『魔力感知』を作動させる。

激しく散る魔力はカーゴ傭兵団とハウンドとの交戦だ。

この混乱の隙をついて森を抜けるしかない。

「離れて！　こっちに引きつけるから！」

後方から迫るハウンドに、スーが自ら囮《おとり》となる。

ハヤトはミヨと並走しながら体を支えてやる。ミヨの体温がどんどん下がり、瞳の光が鈍くなっていく。こんなときは誰に祈ればいい……。

「祈っちゃ駄目。私を信じて」

矢でズタズタになった盾を手に、ミヨが気丈に微笑《ほほえ》んだ。

「わかった。とにかくジュリアに、くっ」

ハヤトの目の前で火花が散った。喉元を狙った剣をぎりぎりで受け止めた。

デジーだ。『魔力感知』スキルをかいくぐり、いつの間にか接近されていた。

またもデジーとハヤトは剣を打ち合いながら森を走る。

「しつこすぎる！」

『カーゴの速力が違いすぎる！　プリンセスカップでも勝てそうなカーゴだよ』

チキはハヤトのカーゴの尾羽にしがみついている。

距離を取ろうとするが、ハヤトはがくんとバランスを崩す。

『フック！　今度はフックがはまってる』

足先の刃《やいば》には気をつけていたが、今回は膝のフックをハヤトの馬具に引っかけていた。

「よこしなさい、あなたには過ぎたお宝よ」

「これだけは、駄目だ」

どんな宝よりも大切な希望が入っている。そのとき並走するミヨがふらついたのが目に入った。

その一瞬の隙をデジーは逃さず、ナイフを一閃《いっせん》させ革袋の紐《ひも》を切断した。

宙を舞う革袋。

お互いに手を伸ばしたが、キャッチしたのはデジーだった。

「バーイ」

フックを外したデジーがウインクして離れ、急加速する。

「ああ……」

ハヤトはミヨの体を支えてやりながら歯噛《はが》みする。このカーゴではもう追いつけない。

「うわあああああ！」

デジーの悲鳴が森に響き渡った。

破れた革袋から出たのはヒドラの頭だ。

ヒドラの赤い目がかっと開いた。

残存した魔力で目の前の敵の手に噛みついた。それは魔物の怨念がこもった断末魔の叫び……。

「跳べ！」

前方に倒木の障害物。ハヤトとミヨのカーゴは跳躍した。

着地し横を見ると空のカーゴが走っていた。デジーが振り落とされた。

「ちくしょう」

ヒドラの頭ごと落ちてしまった。こうなってはもう回収は不可能だ。

残る手段は聖杯だ。聖杯を返還してエルフに解毒魔法を使うよう懇願するしかない。

だがこの状況でそれが可能なのか？　未《いま》だにハウンドに追走されミヨも瀕死《ひんし》状態だ。

この状況でどうやって聖杯を運べというのか。

魔物に囲まれ、まだ傭兵の騎馬隊もいる。

そしてこちら側の陣営はすべてが疲弊している。

これが女神の望んだエンディングなのか……。

「ごめんさない」

それはフーの声だった。

「裏切った行為を心から謝罪したい。そして本当に仲間になることを誓う」

「今はそんな場合じゃ……」

「私たちは責任を持ってヴァルキリーをジュリアまで運ぶわ。だからあなたは聖杯を運んでほしい」

フーがフレイアの抱える聖杯の革袋を指さす。

「この速いカーゴに乗れば追走を振り切れるよ」

スーが手綱を引き寄せたのはデジーが乗っていたカーゴだった。

「聖杯を手にしてわかった。これは汚《けが》れた私が運ぶものじゃないと。だからあなたが運んでほしい。そして今回は私たちを信じて」

フーが血まみれの妹に視線を向けながら懺悔《ざんげ》した。

「でも……」

瀕死のミヨを見る。彼女を残していっていいものか……。

「信じてる」

ミヨの言葉にうなずき、ハヤトはデジーのカーゴに乗り換えた。

フレイアから聖杯を受け取り、しっかりとシャツの中に入れる。

「振り返らないで行って。今回もジャンプして」

ミヨの声を聞き、ハヤトは加速した。

森の木々をすり抜け一気に引き離す。ハウンドの咆哮が聞こえたが振り返らない。

『もうすぐ道に出るよ！』

チキはハヤトの肩にしがみついている。

『そうしたらきっとすぐに森を抜けられる。抜けたらすぐにジュリアよ』

カーゴが跳躍した。深い森から再び道に出た。

そのまま直線を走り加速する。

ハヤトの乱れた呼吸に混じって嫌な音が聞こえた。

冷酷な蹄の音。

『くるよ』

「頼むぞ幸運の妖精《ラッキーセブン》」

ハヤトは加速しながらもジグザグに走る。『魔力感知』と『硬質化』と『演算』スキルをセットして準備をする。予備動作の大きい弓は弾道を計算しやすい。

『避けて！』

ひゅんひゅんと音が追い抜いていく。

「ぐっ」

背中の激痛にハヤトはのけぞった。『硬質化』スキルを破って矢が突き刺さった。

『ボウガン！』

振り返るとあの黒装束がボウガンを構えていた。ハンドルで弦を引くタイプで命中率が高い。

『抜けない。あの禁止矢じりだ！』

ボルトは外れたが、矢じりだけがハヤトの体に残っている。チキが必死で抜こうとしているが、動くたびに体に食い込んでいく。

あの虎に刺さっていた矢じりと同じだ。

「あ……」

革袋を落としそうになり必死で抱える。

『備えて！』

黒装束がボウガンのハンドルを回して弦を引っ張っている。

聖杯を抱えたままでは避けられない。もうすぐ森の外だ。このまま走るしかない……。

「くそっ」

こんなところで、こんなところで、こんなところで……。

黒装束の男がボウガンを向け「くたばれ」と唇を動かした。

そのときハヤトはあの魔力を感じ取っていた。

森の中から白い影が跳んだ。

それは黒装束の男に襲いかかり、馬ごとなぎ倒した。

『サーベルタイガー、さん！』

森で遭ったあの虎だった。

虎が吠《ほ》え、後続の馬列が乱れ混乱が生まれる。

同時に視界が開けた。深緑の樹海を抜けたのだ。

青い空と太陽が見えた。

きらりと光ったのは矢じりだった。こちらに向かって飛んできた矢は、ハヤトを追ってきた残りの騎馬に降り注ぐ。

亜人たちの騎馬隊が見えた。平原に散開した騎馬が待ち構えていた。

「ハヤト！」

声が聞こえた。馬群の中から馬で駆けてくるのはミュウだった。

泣いているような笑っているような表情でミュウがハヤトに手を差し出す。

「あれか……」

巨大な女神像があった。

裸の女性の巨石像。ミヨに似ているその彼女は「ようこそ」と両手を開いている。

「迎えに来たよ」

「うん」

ハヤトはミュウの手を取り馬の後ろに乗る。

「私はここよ」

「うん」

「戻ってきてくれてありがとう、私の勇者様」

「……うん」

そのまま彼女の体を抱きしめながら聖都市ジュリアに。

第五章　聖杯返還

「女神ばかりが栄光を浴び、罪を背負うのは弱者ばかり」

石造りの聖ジュリア教会が目の前にそびえている。

周囲にはジュリアのグリーンの花が咲き乱れている。

「また冒涜《ぼうとく》で罪を背負いたいのか？」

目の前にはドレス姿のジェシカが冷たい視線を向けてている。

「女神という正義を振りかざし弱者を殺すのは冒涜じゃないと？」

「いいから動かないで！」

睨《にら》み合う二人の横で、ミュウが必死にハヤトの治療をしている。

「あっ」

ミュウが背中の禁止矢じりを引き抜き、傷口から噴き出す血を舐《な》めとる。

『今はそんな場合じゃないんだよ』

あれからハヤトはミュウの馬に乗り換え、このジュリア教会の裏手に忍び込んでいた。正門側は多くの関係者であふれかえっていたからだ。

「これを使え。その矢じりは預かる」

ジェシカはミュウに包帯を渡して矢じりを受け取る。

「それよりミヨが毒を受けた」

「この街のとある人物からヒドラが迷宮にいることを知らされ、そして解毒剤も手に入れた。向かわせた親衛隊と合流すれば間に合うだろう」

その言葉を簡単に信じるわけにはいかない。

「とある人物とは？」

「それを説明している暇はない」

『森に入るエメラルド親衛隊の副隊長を見たよ。なんで解毒剤があるのかはわからないけど』

「六番目が作った解毒剤だ」

ナンバー6か？　なんでこの街にそれがあった？

『てことは十七年前の解毒剤？　効果は薄れてるかもしれないけど猶予はできるね。なんにしてもやっぱりエルフの解毒魔法が必要だと思うけど』

その猶予という言葉に安堵《あんど》するが、その隙間に別の心配事が割り込んでくる。

「委員長はどこだ？」

ハヤトは聖杯の入った革袋を手に教会を見る。

「賢者はまだ箱を開けられてない。いや、あえて開けていない。聖堂で衆目の中で最後のキーを外せとの貴族からの命令だ」

ハヤトは聖杯を持ったまま乱れる呼吸を整える。

やはり貴族連中には聖杯が偽物だとの情報が漏洩《ろうえい》している。

「聖杯の箱と賢者はダイヤモンドの間という部屋で、騎士たちに守られながら待機している」

つまりのこのこと出ていき、偽物と本物を交換しますというわけにはいかない。

「エルフは？」

解毒剤の効果が懐疑的である以上、やはりミヨには解毒魔法が必要だ。

そしてミナミとの約束も果たさねばならない。

「この教会にはいるが、聖杯の儀が始まらねば出てこない。賢者が箱を開け、ティファ様が聖杯を手に取り、エルフが登場してからの返還という流れだ」

『お姫様に聖杯を渡すしかないよ。どうにか入れ替えてもらうのよ』

「姫君も王国直属の騎士たちに守られている。だがなんとかやってみよう」

「断る」

ミヨの解毒、そしてミナミの運命を他人に預けるわけにはいかない。

「俺が直接その姫に接触する」

「ティファ様がつけているすべては、お前の年収よりも上だ。手を触れるな」

「下着もか？」

ジェシカに胸倉をつかまれ、ハヤトは睨み返す。

「だからやめて！　こんなことをしている場合じゃないでしょ！」

ミュウは目に涙を浮かべていた。

「賢者からだ」

ジェシカがあきらめたようにハヤトに紙を渡した。

それは教会の建築図だった。

『ジュリア教会の通気口と排水溝も書いてある。初代勇者が基礎の建築アイデアを出したからそんな隙間がいっぱいある』

通気口を使ってミナミの部屋に忍び込むことは可能か？　だが、見張られていると言っていた。

そして箱を開けるのは聖堂だ。どうやって箱の中身を入れ替えればいい？

「返還の儀の手順を説明してくれ、詳しくだ」

「これから賢者が箱を持って聖堂に向かう。しばらく右側のそでで待機。逆のそでからはシスターが箱を置くテーブルを運ぶ。シルクの布のかかったテーブルだ。セッティングが終了したら賢者が入場。そこで最後の鍵を開ける」

ジェシカが説明する間にも時間が削られている。

「賢者は箱を開けトラップを解除するだけで聖杯には触らず聖堂内に下がる。続いてティファ様が入場。箱の中から聖杯を取り出すことになる。テーブルは空っぽの箱と一緒にシスターたちが撤収する。偽物の聖杯を持った姫君だけが残される」

……どこだ？　今の話のどこに交換する隙がある？

「偽物だったらエルフはもちろん現れない。姫君は立ちつくし傷がつけられる」

「黙ってろ、そんな下らない話をしている時間はない」

ハヤトは腹をくくった。

「下を使う。ミナミの部屋に行って交換する。その隙はなんとかこっちで作るしかない」

ハヤトは花壇のわきの排水溝を指さした。

すでにジェシカとミュウが動き、排水溝の蓋を外している。

「チキ、誘導してくれ。ミュウは運ばれてくるミヨのフォローを頼む」

チキを先に入れ、ハヤトは装備をすべて外した。持っていくものは聖杯だけだ。

『このスペースならいけるよ』

ハヤトは息を吸い込み、暗い穴の中を覗《のぞ》き込《こ》む。

「頼んだ七番目。すべての責任は私が……」

「勇者からの赦《ゆる》しを与える。ただしミヨが生還できればだ」

ジェシカの言葉を待たずに、ハヤトは排水溝に飛び降りた。

排水溝内は意外に広い。この世界は雨が多いためにこれだけの排水溝を作ったのだろう。

『ミナミの部屋はきっとこっち』

ハヤトは『隠密《おんみつ》』スキルで気配を消しながら排水溝を進む。

暗い空間だが迷宮よりは単純な構造だ。

チキに誘導されながらミナミの待機するダイヤモンドの間に進む。

排水溝の出口は部屋の端のほうだ。どうにか交換できる隙を作らねば……。

しばらく進むと光が見えた。あれがダイヤモンドの間のマンホールか？

「チキ、様子を」

チキが穴の隙間に頭を突っ込み部屋の中を確認する。

『駄目、いっぱい人がいて隙なんてない』

「しっ」

ハヤトは『聴覚強化』スキルを発動させて部屋の会話を聞く。

部屋にいる人々の呼吸の音。その中に交じってミナミの吐息も感じ取った。

『ミナミがいた。セーラー服だよ』

ミナミはその姿で箱を開けるようだ。

「……そろそろ移動をお願いします」

シスターの声がはっきりと聞こえた。

もう遅かった。ついに返還の儀式が始まってしまう。

どうすればいい？　他に入れ替える場所はあるのか？　どうやれば箱の中の盃《さかずき》を交換できる？

正しくエルフに返還せねばすべては終わる……。

『どうするの？』

「……ここしかない」

チキの灯《あか》りで建築図を見ながら指をさす。危険な賭けになるがやるしかない。

ハヤトは引き返し、排水溝を這《は》うように急ぐ。人が集まっているだろう聖堂の下を通り抜け、目指すは聖堂の左手の小空間。ここにもマンホールがある。

どうか間に合いますように……。

光が漏れるマンホールの下に移動し気配を窺《うかが》う。……二人だ。

覗くと箱を置くテーブルがあり、真っ白な布がかぶされていた。

「チキ、頼む。注意を逸《そ》らしてくれ」

迷っている暇はなかった。もうこれしか方法は残されていない。

『わかった。やるだけやるから』

チキがマンホールの穴から部屋に入っていく。

そしてシスターたちの頭上を旋回する。

『儀式の確認をしにきました。あなたたちは清く正しいシスターでありますね』

チキがエルフの使いの妖精の真似《まね》をしている隙に、ハヤトはそっとマンホールを押し開ける。

見ると二人のシスターは頭上を見上げてチキと会話をしている。

ゆっくりと排水溝から這い出ると、音を立てないようそっと蓋を閉める。

『ということでエルフさんに失礼のないよう行動を心がけて……』

チキが話しているうちに、ハヤトは布をめくってテーブルの下に潜り込む。

余裕のある布はハヤトの体を隠してくれた。

そんなハヤトを確認したチキは、『それでは』と、小部屋から出ていった。

……このままテーブルと一緒に聖堂に運ばれるしかない。

ぽたりと音が聞こえた。傷から垂れた血が床に広がっている。

ハヤトはその血を手で拭くが、血が止まらない……。

そのときテーブルの布がめくられた。

テーブルの下を覗き込むシスターと、目が合った。

＊＊＊＊＊＊＊

水波唯《みなみゆい》は箱を両手に抱えため息をついた。

「行ってください」

シスターに促され、そでの小部屋から聖堂に出る。すでに祭壇にはテーブルが設置されている。あの上で最後の開錠をしろとのことだ。

ホールを見回すと、多くの人々の姿がある。周辺の街の貴族たち、教会関係者、王国の騎士。

「あいつ、まさか……」

ミナミはギッと歯を食いしばる。

「いや、もう少し信じるわよ」

ここまで来たら最後まで信じるしかない。彼はやるべきときにはやってくれた。この異世界でそこまでの信頼をしていた。

ミナミはセーラー服姿で祭壇に向かう。

きらびやかな装飾の婦人たちが笑うが気にしない。セーラー服は学生の正装だ。そして私の肌は宝石の光に頼る必要はないのだから。

ミナミはテーブルに箱を置き、肩にかかる三つ編みを払った。

「開けなさい。君の役目はそれだけだ」

ホールの後ろに座っているのは、この儀式をセッティングしたルイージ卿《きょう》だ。

ミナミは彼の挑発的な笑みを受け流して深呼吸する。

ゴルディアスの箱の開錠は最終段階だ。

だが最後の選択が難しい。引き延ばしていた理由もあるが単純に難解だった。

ここで間違えれば罰を受けることになる。また開けたとしても、偽物の聖杯を見せれば終わりだ。開いても開かなくても絶望的状況。

ミナミはふっと笑った。心細いのはこの教会のホール内に誰も味方がいないことだ。

仲間と旅して自分は弱くなった。だから一人でいると足が震えてしまう……。

「え？」

ミナミの目に光が見えた。ホールの天井を飛んでいる妖精。エルフの妖精か？

違う。あの馬鹿っぽ――可愛《かわい》い妖精はチキだ。

「委員長」

その声はテーブルの下からだった。ごくりと唾を飲み込み表情を取り繕う。

「岸君《きしくん》」

「本物は持ってきた。だから委員長は安心して『開けゴマ』を使っていい」

不覚にも涙が滲《にじ》んだ。まだ終わったわけじゃない。

でも約束を守って助けに来てくれたことが、とてもうれしく胸が温かくなる。

こらえきれずに涙が落ちた。

女子の涙はとっておきだ。ここで使うのは大失態だが、それでも悪い気分じゃなかった。

それを見た観客から失笑が漏れる。緊張する少女を見て楽しんでいるのだ。

そんな歪《いびつ》な感情も視線も関係なかった。……私には仲間がついている。

「よくバレずに来られたね。布がめくられたら終わりなのよ」

ミナミは箱を開けるふりをしながら囁《ささや》く。

「バレたよ。でも、そのシスターはイグナの母親だった。つまり六番目の奥さんだ」

「やっぱり私たちには幸運の妖精がついているわね」

ミナミは箱に手を添える。

「だから俺を信じて、開けて。俺はここにいる」

ミナミは開錠に意識を集中させた。失敗する予感はなかった。箱は必ず開く。

……カチリ。

箱が開いた。

そっと蓋を持ち上げると、酸の入った瓶が引っかかっている。

これで聖杯を傷つけることはまぬがれた。

「そこまでだ」

ルイージ卿に制されミナミは動きを止めた。この瞬間に聖杯を交換したかった。

「せめて箱から出すことは？」

「平民が触れてはいけない。触れることができるのは……」

ミナミは瞬くグリーンを見た。

そこには真っ白なロングドレス姿のティファが立っていた。

……本物か？

このような儀式なのにティアラもネックレスもつけていない。彼女を飾っているのは、胸元に挿したグリーンの花だけ。ジュリアにある珍しくもないものだ。

やはり聖杯が偽物だと知り影武者を使ったのか？

だが、あの樹海よりも濃くエメラルドよりも輝くグリーンの瞳。

……姫君の真と影は詮索してはならない。とにかくティファ姫が登場した。

「下がりなさい」

ルイージ卿に促されミナミは祭壇から降り、そのままホールにとどまる。

それを確認してからティファが祭壇に足を進める。

彼女はテーブルの前で立ち止まり、ホールを向いた。

……交換できるか？　エメラルドの姫君はテーブルに隠れる彼の意図をくみ取ってくれるのか。

ティファがそっと両手で箱を抱えた。

一瞬だった。ティファが覗き込む仕草をし、箱がテーブルと重なり隠れた。

箱は再びテーブルに置かれる。

ミナミはちらりと横のルイージ卿を窺う。……今の動きで気づかれてしまったか？

ホールがざわめき視線を戻すと、ティファが聖杯を両手に取っていた。

戸惑ったように視線を交わす貴婦人たちは、あの木製の盃の真偽に懐疑的だ。

だがミナミには本物だという確信があった。

……私たちのチームがミスをするはずがない。

「テーブルをこちらに」

ルイージ卿の指示にミナミは息を呑《の》んだ。

「撤去は教会のシスターに」

「うちの教会のシスターがやることになっている」

ルイージ卿が粘着質な笑みを浮かべ、横のシスターに指示を出した。

やはりティファの不自然な動きを見逃さなかったのだ。

聖杯を手に持つティファ。彼女の顔が一瞬曇った気がした。

グリーンの瞳を瞬きながら薄い唇が動く。何かを囁いた。

ルイージ卿が用意したシスターが、箱の載ったテーブルをホールに運んでくる。

せめて祭壇のそでに運んでくれればなんとかなったが、ここに持ってこられてしまった。

そして盃を持ったまま立ちつくすティファの姿。

エルフの登場はない。

エメラルドの装飾品という鎧《よろい》もなく、彼女はただ惨めに立ちつくしている。

鋭利で残酷な視線を受け止め続けている。

「やはり偽物か」

ルイージ卿がテーブルの布に手をかける。

「儀式の最中ですよ」

ミナミが止めたが、ルイージ卿は乱暴にミナミの手を振り払う。

「君はこのテーブルが気になっているのか？」

気になっているどころか、中には盃を持った彼がいる。

それが見つかったらゲームオーバーだ。

「儀式は終わりだ」

ルイージ卿が布をはぎ取った。

ミナミが見たのは、ただのテーブルの足だった。

……彼はどこだ？

祭壇を確認するが、そこにマンホールなどない。姿を消す魔法でも使ったのか？

呆然《ぼうぜん》とするミナミと顔をしかめるルイージ卿。

そんな彼に近寄る者がいた。

「お話が」

ルイージ卿に耳打ちしたのはジェシカだった。

「なんだ？　儀式の最中だぞ」

ジェシカはネジのような矢じりを二つ見せた。

「一つはサーベルタイガー。もう一つは七番目に。あなたが関与していると」

「そんな冤罪《えんざい》を押し付ける力が君にはあるのか？　たかが親衛隊に」

「確かに私などたかが親衛隊。ですが、後ろにいる方々は王室直属ですよ」

ジェシカの背後にはラフな姿の女性たちが三人立っていた。

明らかに雰囲気が違った。彼女たちは……本職だ。

「先ほど傭兵《ようへい》団があなたとの繋《つな》がりを吐きました。つい先ほどです」

直属騎士の一人がルイージ卿に言った。

「先ほどだと？」

「私たちは仕事が早いんですよ」

作った笑みを浮かべながらルイージ卿を囲む。

「証拠はあるのか？」

「同業他社には詳しいのです」

「待て……」

ルイージ卿が騎士にホールから出るよう促されている。

「出ましょう。あなたも私たちもこの神聖なる儀式に、ふさわしくない」

顔面蒼白《そうはく》とはまさにこのことか。真っ青な顔のルイージ卿がホールから強制退出させられていく。

聖杯を賭けた勝負はここで決着がつき、敗者が去っていく。

困惑する場の雰囲気は、すぐに戻った。

ホールが光に包まれた。正しくは光ではない。それは魔力と美のきらめきだ。

エルフの登場だった。

初めて目にするが、それがエルフだとはっきりと認識できた。

ブルーの瞳とウエーブする黄金色の髪、透きとおるような白い肌。絶対的な美の象徴。

装飾のないシンプルなドレス姿。

それでも目を奪われた。

エメラルドの姫と勇者の血を引くエルフ。その二人から目を離すことができない。

ティファが盃を両手に、わずかに身をかがめた。

そして差し出されたその盃を——エルフは受け取った。

深く暗い迷宮の底に沈んでいた聖杯は、正当なる所有者であるエルフのもとに返還された。

歓声も拍手も起こらない。誰も動けない。

時が止まったホールの中でティファだけが微笑《ほほえ》む。

ミナミはすべて理解した。この儀式もエルフも聖杯も、そして姫君も。

……すべては本物だった。

＊

現実と夢の狭間《はざま》を漂い、ハヤトは何かにしがみついていた。

それがとても心地よくその感触を楽しむ。

左手にあるこの弾力はなんだろうか。柔らかくそして温かくどこかとても懐かしい。

耳元に吐息を感じた。この甘い匂い、そうだいつも身近にあったものだ……。

朝日と小鳥のさえずりに意識が覚醒していく。目を開けるといつもの瞳があった。

「おはよう」

ハヤトはミヨの声を聞いて安堵した。

解毒の魔法を受けたミヨはこの療養室のベッドに寝かされ、体温を下げないようにとハヤトが同《どう》衾《きん》したのだ。体を動かすとシーツがずれ、ミヨの無防備な裸体が見えた。

「これは治療だからな。俺の『ヒール』スキルはできるだけ接触していないと発動しないから」

「わかってる。でも、また汚されたけど」

ミヨはシーツで体を隠しながらベッドから立ち上がる。

ハヤトはそっと目を逸らした。回復してもらったのはこちらかもしれない。迷宮からの逃走で溜《た》め込んでいたすべてが吐き出されたこの解放感。

「でもさ」

顔を向けると、窓枠に寄りかかるミヨが笑っていた。

「きっとこれはあなたが頑張った証《あかし》だね」

ハヤトも立ち上がりミヨに歩み寄る。

「傷は大丈夫か？」

「体が少し痛いだけ」

窓を背にしているため、シーツ越しにミヨの体のシルエットが見える。

……いつの間にか女性らしい体になった幼馴染《おさななじみ》。

「ヒール」

ミヨの胸に手を添えると、ため息をつかれてしまった。

「次やったら、折るから」

「わかった。じゃあもう少し丁寧にヒールを……」

ハヤトはミヨの額の傷をそっと舐めた。

「それは、もっと乱暴にやってくれないと、効かないかも」

ミヨがくすっと笑い、目を閉じる。

シーツがミヨの足元に落ちて体が露《あら》わになる。

生死の懸かった戦闘を潜《くぐ》り抜《ぬ》けた彼女の体はあざだらけだった。

それが愛《いと》しく美しく感じ、ハヤトは乱暴に抱きしめる。

『ねえ……』

声に二人はさっと距離を取る。窓枠にはチキが膝を組んで座っていた。

『大丈夫じゃないなら、大人しく寝てな。じゃなかったらちょっと話があるからさあ。お湯も用意してあるし体を拭いて着替えて』

「もう俺は平気」

ハヤトは部屋に干してあったいつもの下着と制服を着る。

「なあ、ミヨは休んでれば？」

「心配ない。解毒もしてもらったから」

背を向けながらミヨは体を拭いている。

『聖杯の儀の前にエルフが解毒をしてくれたんだ。さすがエルフだし、さすがヴァルキリーの祝福』

あの双子は責任を持ってミヨを運んできてくれた。

「あっ、背中がまだ痛《い》ってえ」

治療してもらっていたが、あの矢の傷が癒えていない。

「ゆっくりと着ていいから」

ミヨが無防備な格好で着衣を手伝ってくれる。

「なあ、また変な気分になるから」

「あ、うん、ごめん」

『ゴホッ、ゴホン』

チキのわざとらしい咳払《せきばら》いにミヨが耳を赤くして離れる。

なんだか異世界に来てから、この幼馴染を異性として意識してしまう。

『それよりさあ、君ってテーブルからどうやって脱出したの？』

チキも聖堂で儀式を見守っていたようだ。

「スカートの中だよ。それしかなかった」

『え、お姫様のスカートの中ってこと？』

さすがにチキが驚き、ミヨの目がギラッと光った。

「姫君にそう言われたんだ」

『だとしても不敬すぎない？　今度こそ殺されちゃうよ』

「平気だ。あれはテアだった。影武者だからボーダーラインを超えてない」

テアだからいいというわけじゃないが、すでに半裸を見た間柄だ。

『テアだった確証はあるの？』

「膝にちょっと傷が残ってた。ほら、俺が『ヒール』を使ってやったやつ」

ハヤトは彼女のスカートの中に潜り込み、エルフへの返還にも参加したことになる。

その後はテアと一緒に退出。彼女がマンホールの上で立ち止まったので、そのタイミングで排水溝へと脱出した。

「そしてナンバー6の聖杯はここに」

療養室の棚にはグラスが置かれている。クリスタル製のシンプルなものだ。

これを選んだのはナンバー6らしいなと思った。

『じゃあやっぱり儀式は影武者にやらせたってことかねえ。……それより聖杯のことであの人に呼ばれてるけどどうする？』

「行くよ」

振り返るとミヨも着替え終わっていた。

療養所から出ると街は朝もやで覆われていた。

昨日の聖杯の儀を終えて、今までずっと泥のように眠っていた。

二人と一匹は人気《ひとけ》のない街を歩く。

『お偉方さんたちが夜遅くまで飲んでたからねえ、朝は静かなもんよ。あ、こっち』

霧の向こうに教会の輪郭が見えた。

「お待ちしておりました」

聖堂の階段を降りてきたのはシスターだった。

「あらためまして岸勇人《はやと》です。こっちは仲間の横山美夜《よこやまみよ》」

目の前の彼女は、返還の儀で助けてくれたイグナの母親だ。

笑顔がイグナに似ているので初対面でもわかった。

「私は女神に身を捧《ささ》げたシスターの一人です。今回の聖杯返還の儀式に立ち会えたことはとても光栄に思います。そして七番目の勇者の祝福者に出会えたことも」

しばし見つめ合った。彼女はもしかしたらナンバー6を思い出しているのかもしれない。

「まずはお預かりものを」

まずはミヨに盾を渡した。あのウサギの模様の入った盾だ。そしてハヤトにはマントを。

「エメラルド親衛隊から預かりました」

スーに渡していたマントはしっかりと補修されていた。さらに折りたたまれた紙も。

開いてみると日本語で『ありがと』とだけ書かれていた。

「あいつ、こういうところはズルいよな」

子供のようなたどたどしい文字を見ると許さざるを得ない。

マントを羽織るといい匂いがした。

「では、こちらの預かりものを返還します」

ハヤトはナンバー6の聖杯を取り出した。

「換金して渡してくれとのことでしたが、やっぱりこのままがいいのかなと」

この聖杯は偽物だが、娘のためにとの気持ちは本物だ。

あの深く暗い迷宮に潜って得た盃は、そのまま返すべきだと思った。

「私が娘のもとに運びましょう」

彼女はかしずいて聖杯を受け取った。

ここでもう一つの返還の儀も終わったことになる。

「ナンバー6、いや先輩には助けられました。解毒剤も助かりました」

「ありがとうございました」

ハヤトとミヨは頭を下げた。ジェシカが言っていたとある人物とは彼女のことだった。

ナンバー6は斬り落としたヒドラの首で解毒剤を調合し、彼女に預けていたという。

「ことづけがあったのです。いつか俺のように困っている者が現れたら力になってやってほしいと」

「あの人はどこに?」

ミヨの問いに彼女の表情が曇った。

「そしてことづけはもう一つ……」

彼女は教会を背に歩いていく。

ハヤトとミヨは困惑しながらもついていくしかなかった。

入っていったのは教会に隣接する墓地のエリアだった。

「あなたたちの旅は続くのでしょう。でしたら最後に彼の言葉を……」

彼女は盃を手に、墓地の中心にある大樹の下で足を止める。

大樹に6という数字が刻まれていた。

呼吸が乱れる。ミヨは空を見上げたまま動かない。

彼女は大樹にもたれかかりながら肩を震わせていた。

「そっか。あの人の旅はここで……」

「なんちゃってね!」

いきなり彼女が振り向き、変顔を作っていた。

「あいつ、ここぞというときに駄目だな」

「異世界最低」

まさか妻にまでやらせるとは。

「彼は初代勇者の足跡をたどるとのことでした」

しれっと彼女が言う。

「もしも俺の次と会ったら、そう伝えてやってください」

ハヤトは大樹に＋7と刻んだ。

それを見て彼女は懐かしそうな目を向けている。

「なんだか不思議ですね。異世界から来た人との関わり。これもお導きなのでしょう」

「いい話に戻そうとしないでくださいよ」

そう言いつつも三人でしばらくその場にたたずむ。

……とにかく約束は果たしたぞ、ナンバー6。

＊

『一応さあ、聖杯を迷宮から奪還したのは私たちなんだから、盛大なパーティーでただ酒飲み放題だと思うんだよねえ』

チキがフレイアの頭であぐらを組んで不服げだ。

「騒がしいのはいいよ。このメンバーで飲むのが一番いい」

崩壊しかけた野外劇場に皆で集まっていた。

石で作られた半円形の舞台は、草木に覆われ廃墟《はいきょ》となっている。

「私もそれがいいと思う。それに食べ物も買ってきたわ。チーズにエッグにチキンもポークも」

ミナミが布を広げて食べ物を置いていく。

「お酒もありますよ。エールもワインも蒸留酒も」

楽しそうなメンバーの中でひときわ興奮しているのはミュウだ。

「ハヤトはさあ、サーベルタイガーに助けられたんだってね！　亜人たちが騒いでた。一生に一度遭うことだって難しいのに、すごいことだよ」

「彼とは助け合う仲なんだ」

「やっぱり勇者様なんだねえ。これから亜人たちもハヤトの味方をしてくれるよ。もしかしたら種を欲しがられるかもしれないけど、それは私が守るから」

ミュウがハヤトにじゃれついているので、乱暴に猫耳をなでてやった。

「まあまあ、色々あったけどとりあえず」

ミナミがそれぞれに木製ジョッキを配る。

「乾杯」

ミヨの音頭で酒を飲む。温《ぬる》いエールが体に染みる。やっと終わったのだと体から力が抜けていく。

「色々なことがあったから染みるな」

「ありすぎたぐらいよ」

ミナミがはあっとため息をつく。

「委員長はさあ、お姫様たちと一緒に行かないの？　儀式に貢献したからって誘われてたよね」

「断った。やっぱり自分の足で歩くべきだと思ったから」

「そっか、欲がないなあ」

「大ありよ。このメンバーと旅を続けるという欲望に抗《あらが》えなかった」

ミナミが三つ編みを揺らして微笑む。

「そしてこの聖都ジュリアの印ももらった。これがあればギルド員としての給料が上がる」

ミナミが見せたのは冒険者カードだ。ジュリアの街の刻印が入っている。

欲深いのか無欲なのかわからない、と、横を見るとミヨがなんだか自慢げだ。

「ん」

ミヨが差し出したカードにはヒドラの討伐刻印が入っていた。

「……あれって俺が首を斬り落としたような気がするぞ」

『親衛隊の証言によりミヨが一番活躍したってなったの。ちなみに首は王都に送られて研究されるって』

「ただ、正式な討伐の場所を言えず、報酬は入りませんでした」

フレイアは少し残念そうだ。

「あれからフレイアたちはどうなったの？」

「亜人や騎士様たちが傭兵部隊とハウンドを撃退して私たちは助かりました。合流した親衛隊の方から解毒剤を受け取りミヨさんに飲ませ、あのお二人が馬で運んでくれエルフに解毒の懇願を。そして聞き入れられました」

あの双子は約束を果たしてくれたのだ。

裏切りもあったが最終的にはチームメイトでいてくれた。

「ちなみにルイージ卿は爵位をはく奪されるかも。盗賊まがいの傭兵と繋がってたことがわかったからね。さらにカジノでのイカサマや贋金《にせがね》などの犯罪が芋ずる式に出てきて、最悪死罪もありえる」

「傭兵たちは？」

「生き残った人たちは王室直属の特殊部隊に拘束されている。きっと死んだほうがよかったほどの扱いを受けると思う」

「そっか……」

「私たちは勝ったのよ。もっと喜んで」

ミナミが渡してくれたのは、ハヤトの冒険者カードだった。妙な刻印が二つある。

「エメラルドの刻印とエルフの刻印。後ろ盾が増えたわね、勇者様」

エメラルドとはティファ姫君のシンボルだ。そしてエルフにも貸しを作ったということか。

『すごいことよ。これを見せただけで女の子が脱いじゃうほど』

「どれどれ」

ハヤトは委員長に印籠のようにカードを向ける。

「うーん、それだけじゃあご褒美はこれくらい」

ミナミはぺらっとプリーツスカートをめくってくれた。

「すげえ。効果がありすぎる……」

さすがエメラルドとエルフの権威。委員長の強固なガードを貫いた。

……これが異世界か。

『こいつ馬鹿だなあ』

「強すぎる力を誇示するのはいけません」

フレイアがエールを注ぎながら頬を膨らませている。

そうだ、これからは勇者として愚かな行動は慎まねばならない。

エールを飲むと苦みが口に広がる。

「この森ではホップが採れて、シスターたちが摘んでエールを作るのです。いわゆる修道院ビールですね」

『この苦みがいいよね』

チキはハヤトのジョッキに浸《つ》かっている。三百年前の勇者の飲み会に苦しめられたのは確かだ。

だがこうして三百年後にやる飲み会は悪くない。

「気持ちいい風。そして気の置けない仲間もいる。あとは歌が欲しいなあ」

ミナミの言葉にすっとミュウが立ち上がる。

「じゃあ私の亜人の郷《さと》の詩《うた》を」

止める間もなくつかつかと芝で覆われた舞台に立ち、両手を胸に添える。

「月あかーりの森、それは木漏れる光が踊る緑の舞台。私は風の囁きに想《おも》いを添えるの。それは静かにあなたに聞こえないように。ああ、伝えることができないのは私が永遠じゃない、そしてあなたを失うことがわかってるから。あなたが教えてくれたのは恋と儚《はかな》さ、燃え上がりそうな恋は朝の雨に委ね、胸の痛みは樹海のグリーンが優しく包んでくれる……」

透きとおるような声。色褪《いろあ》せていない恋の歌が始まった。

チキがミュウの頭上を旋回し、とても幻想的な雰囲気を作っている。

今回の旅の終わりを感じた。メンバーも欠けることなく旅を続けることができた。

「本当は助かるはずがなかった」

声は隣に座るミナミのものだった。

「ヒドラの毒。それは解毒剤を飲む猶予もない即効性のある猛毒なのだから」

「でもミヨは助かった」

「魔物の毒に耐性のある者がいる。それはゴブリンと私たち異世界人」

ゴブリン。あの醜いモンスターのことだ。

「魔王はどうして魔物にそういった条件を与えたのかしら」

「この世界はまだわからないことだらけだね」

「でも、だからいいんじゃない？」

ミナミが微笑む。

「わかってることは委員長の笑顔がこの異世界一ってことぐらいだ」

「それを理解しているのならばゴールにたどり着けるわ。頼んだわよ勇者様」

「少しばかりゴールが延びてもいい？」

「どの物語でもエンディングのあとには退屈な毎日が待っている。だから私は今を楽しむ」

立ち上がったミナミが手を差し出す。

「踊る？」

「いいの？　俺の踊りってちょっと激しいよ」

「いいから私の魅力に負けなさい」

ハヤトはミナミの手を取ると、ちょうど雨が降ってきた。

それでもミュウの歌は続き、ミヨとフレイアが手拍子をする。

「消える前にあなたは言ったわ、悲しませるためにこの世界に来たんじゃないって。明日俺が消えても何もなかったように生きてほしいって。でも信じて、私は会わないほうがよかったって思ったことはない。だから永遠に『あなたが好き』と囁き続ける。あなたに再び届くことを信じて風と共に飛ばすのよ。愛しい勇者様に届くことを信じて、ずっと信じて……」

雨を祝福と受け取れるようになったのはいつからだろう。

……きっとこの異世界のおかげだ。

＊＊

雨があがり緑の月が浮かぶその夜。

ハヤトとミヨは廃墟の舞台にとどまっていた。

「本当に来るのか？」

『もう来てる』

月に重なるように白い巨体が現れた。あのサーベルタイガーが悠然とこちらを見下ろしている。

「大丈夫、けっこうな知り合いだから」

緊張するミヨの手を握ってやる。

虎は身軽に舞台に降りてくる。

「この野外劇場は初代勇者とエルフが三百年前にお酒を酌み交わしたという由緒ある場所です」

いつの間にか最前列の座席にエルフが座っていた。

彼女はサーベルタイガーの身体をそっとなでると立ち上がった。

「よければ、お話をしませんか」

エルフがワインの瓶を傾け、注いだのはあの聖杯だった。

「それ、使っちゃっていいのかい？」

「器ですからね」

エルフは一口飲むと、ハヤトに盃を差し出した。

ハヤトは盃を受け取りながら、三百年前に思いをはせた。

異世界に跳ばされた彼は、混乱した世界に秩序を取り戻そうと、こうしてエルフと酒を飲んだ。

葡萄《ぶどう》の甘い香りが鼻孔を抜ける。なんだかその三百年前の光景が浮かび上がってくる。石造りの幻想的な円形舞台、笑顔で酒を交わす勇者とエルフたち……。

「うん、おいしい」

『ね、神聖さがあるよね』

いつの間にかミヨが盃を手に、チキはバスタブのように体を浸している。

そんな光景を見てエルフが微笑み、光が散った。

「解毒魔法のお礼を言います。儀式よりも先に使っていただいたと」

「正しい聖杯であることを信じていましたから」

そんな彼女に告白せねばならないことがあった。

「箱の中に入っていたのは偽物でした。そしてその聖杯は俺たちが取ってきた」

チキが『言わなきゃいいのに』と苦い顔をしている。

「この聖杯という遺物は迷宮から取り戻したという付加価値で完成されます。私たちがこだわるのは聖杯という物質でなく、聖杯が返還されたという事実……」

彼女は初めから知っていいのだろう。

「一緒に私の郷に来ませんか？　グリフィンを呼び寄せますよ」

「自分の足で歩いていくよ。たぶん初代もそうしたんだろ。俺たちは近道をしない」

エルフがうなずく。正解の解答をしたようだ。

「では私からの気持ちとしてヴァルキリーには新しい剣を」

エルフが手渡したのは木刀だった。持ち手に蔓《つる》がからまり花が咲いている。

「この樹木の剣は生きています。自己修復機能があり傷ついても元に戻るでしょう」

ミヨは両手で木刀を受け取った。

「そしてあなたには少しばかり女神の話を」

エルフがこちらを向く。

「私たちエルフは女神に創造されました。そして三百年前に終わったあの戦争は、私たちと女神の間で始まったのです」

女神と魔王の戦争ではなかったのか？

「魔王と呼ばれる存在は、あの頃は女神を守るシステムでした。ですが女神の制御を外れて反乱が勃発し、そこで三すくみの戦いが起こったのです」

女神とエルフと魔王。その目的はなんだったのか。

「私たちは女神にとっての器として創られた」

エルフが聖杯をかかげる。

「女神は私たちの中に入ろうとした。しかし私たちはそれを拒みました」

聖杯を傾けるとワインがこぼれる。

「魔王もあの頃はそう呼ばれていませんでした。つまり女神が歴史を改ざんしたのです。それでも均衡が保たれたのは初代勇者が天秤《てんびん》を操作したから」

エルフは聖杯を手に、サーベルタイガーの背中に乗った。

「しかし均衡は再び崩れるでしょう。何故《なぜ》ならば思った以上に女神は不自由だから」

エルフの手とハヤトの手が触れ合った。

頭の霧が晴れていく感覚。スキルの書かれた球体を覆っていた白い霧が消えていく。

そしてすべてのスキルは最下層の『■■■』に繋がっていく。

触れてはならないものだと感じた。あまりに複雑すぎて禁忌なスキル。

「それでは七番目の勇者様。聖杯は受け取りました。いつかはエルフの郷に。そしてその時がくれば今度こそ私たちと……」

そう言い残し、エルフはサーベルタイガーの背に乗り森の中に消えていった。

同時にスキル儀の霧も完全に消えた。

『女神の祝福』のスキルの対極にあるその『■■■』スキルは——。


『■■し』

『■殺し』

『神殺し』

エピローグ

朝もやに覆われる樹海。

静まり返るジュリア聖堂の前にハヤトは一人立っていた。

『ジュリアの騎士の盾の道。聖堂から馬車までの道の通称である。ダイヤモンド王妃が慰問に訪れた際は、その道をずらりと騎士が並んで守ったという。道は宝石で固められそれは神秘的な光景だったとされる。ただ、今は見る影もないただの道である。勇者の辞典より』

「なんで俺がここに？」

『わからないけど、ご指名らしいのよね』

ハヤトとチキの他には誰もいない。

木々が作るアーチの道の先に馬車が見える。あれはエメラルドのキャラバンだ。

『今は聖堂で祈りを捧《ささ》げている』

チキが静かな聖堂を振り返る。

『ミナミが警告してたよ。絶対に余計なこと言うなって』

「余計なことを話す間柄じゃない」

教会の扉が開き、シスターたちが出てきた。そして最後に姫君。

金髪にティアラ、胸元で揺れるネックレス。エメラルドで装飾されたティファァ姫君だった。

ティファは冷たい表情のまま、教会の石段を下りてくる。

ハヤトは脇に避《よ》けて彼女が通り過ぎるのを待つ。

だが、ティファはハヤトの横で立ち止まった。

「護衛が必要です。馬車までどうぞご一緒に」

緑色の瞳で見つめられていた。

「栄えある親衛隊の方々は？」

「すでにキャラバンに。ですからこの道を護衛する騎士が足りません」

チキに小突かれハヤトは頭を下げた。

「悪名高きこの勇者でよければ」

ティファの氷の表情は変わらない。

「それでは」

ティファが進み、ハヤトも続く。

朝日が射《さ》し足元で木漏れ日が揺れている。

「三百年前は騎士たちが並んで女王を守ったとのこと。道は色とりどりの宝石で飾られた。でも今は木々が守り道は木漏れ日で光る」

風が吹き抜けティファの金髪がなびいた。

「聖杯返還の尽力、ご苦労様でした」

「エメラルドの傘下に入ったわけじゃありません」

ハヤトは冒険者カードを取り出し、エメラルドの刻印を見せた。

「それは正当な対価です。聖杯をエルフに返還したのはあなたですから」

ハヤトはティファから視線を逸《そ》らす。

「俺だけじゃない。親衛隊の力も借り俺の前任者の力もあった。俺たちのチームが必死になって戦った結果なんだ。全員が信じて戦い、聖杯をここに運んだ」

「そうですね」

「……でも、あなたは逃げた」

ティファが足を止めた。

『君……』

チキが慌てているが、ここで言うしかなかった。

「聖杯を返還してエメラルドの価値は上がったけど、結局あなたは何もしてない。勇敢に儀式に出たのも影武者だった。彼女は戦ったけどあなたは違う」

「私は……」

ティファの瞳に初めて動揺の色が浮かんだ。

「エメラルドの傷を恐れていた？」

「私はエメラルドの傷を恐れることをやめました。空虚な空洞を埋める強さを求めたいのです」

「じゃあなんで何もしなかった？」

「あなたの知らないところで、私なりに冒険をしていたのですよ」

「馬車に揺られて？　それは街を通り抜けただけだ」

ハヤトはティファに胸に溜《た》まっていたものを吐き出した。

「思い出に残るのはネフェレ、そしてルイージの樹海と街、そしてジュリア」

ティファはジュリア教会を振り返った。

「あなたはルイージは通ってないはずですが？」

「そう言われましても、私には心に残る街なのです。きっと私は王都に戻っても花の香りとともにそのことを思い出すことでしょう。それはとてもかけがえのないこと」

ハヤトはティファの髪に挿さった緑の花に気づいた。ジュリアの花だ。

「行きましょう」

ティファが再び歩み、ハヤトは並んで道を歩いた。

隣を歩く冷酷な姫君への嫌悪感が薄れていく。テアに似ているからだろうか。瞳のカラーもそのボイスも違うはずなのに、彼女との思い出がよみがえる。

二人はそのまま無言で騎士の盾の道を歩く。

馬車が見えてきた。

ティファの歩みが遅くなる。

「長い冬が訪れる前に過ごす街を決めなさい。王都近くがいいでしょう」

騎士の盾の道の終わりが見えた。

目の前にエメラルドの馬車がある。馬車の前には騎乗する親衛隊の姿も見える。

赤髪と青髪は振り返らなかったが、ほんの一瞬だけ指を動かした。

シンプルな『バイバイ』のハンドサインだった。

「……え？」

ティファが手を差し出していた。馬車に乗るために手を、とのことだ。

「あなたの親衛隊長は決して触れるなと」

「…………」

氷のような瞳に見つめられ、ハヤトは手を差し出した。

ティファはそっと手を添え、馬車の足場に乗る。

そして頭の花を差し出した。

「集めているのでしょう。この街の花をどうぞ」

花はチキが受け取った。

「あなたがなんと申されようとも、思い出深い旅でした」

ティファが微笑《ほほえ》み、馬車の扉が閉まる。

ハヤトは動き出したキャラバンを見送る。

その姿が見えなくなっても、その場に立ち続けた。

風が吹き霧が晴れていく。目に映ったのは果てしなく広がる深い樹海。

ハヤトはジュリアの花を手に取った。

この香りを嗅ぐたびにこのシーンを思い出すことになるだろう。

この街で起こった様々な出来事。
そして樹海が嫉妬するほどのグリーンの瞳を。

あとがき

「これは初代勇者の足跡をたどる旅だ」

『それはいいんだけど、次の街はわかるの？』

「始まりのセレネからネフェレ、レアルにルイージ。そしてジュリア」

『初代勇者が旅しながら街に名前をつけていったのよね』

「だから次はアから始まる街」

『……あー、なるほど、よく気づいたねえ』

「やっぱり思い出なんだよ」

『まあ、勇者の心に残っただろうことは確かよね』

「今回の俺たちの旅も勇者の辞典で文庫化されたらいいのに」

『なんの話だよ』

「エロいこともあったし、挿絵《さしえ》だってつけられる」

『だから外でそういう話するなって』

「こういう会話も勇者の辞典に登録されちゃう？」

『私たち妖精は情報を伝える種族だからねえ』

「じゃあ聖杯返還の儀に、スカートの中で参加したことも？」

『心底残念だけど永久的に残るねえ』

「俺がそのときに『記憶』スキル使っちゃったことも？」

『あーあ、知りたくないこと知っちゃった！』

「そのへんなんとかなりませんかね？」

『基本的に勇者の辞典は私たち妖精が共有するもので、ほとんどは文字にならないよ』

「じゃあ王都にある原本には載らないのか」

『おしゃべりな妖精がいたら更新されちゃうかもしれないけどね』

「目の前のこいつが危ういなあ」

『とにかく紙の勇者の辞典は更新が遅いから大丈夫』

「だからこそ旅だよな。過去は振り返らずに前に進む」

『前向きだね』

「俺たちの旅は情報伝達の速度を超えてみせる」

『なんかかっこいいじゃん！』

「でもさ、もしも原本を更新することがあったらお願いがあるんだけど」

『一応言ってみ？』

「あとがきに『これはフィクションです』っていう一文を……」

『入れねえよ』

エルフ

エルフの妖精

カーゴ鳥

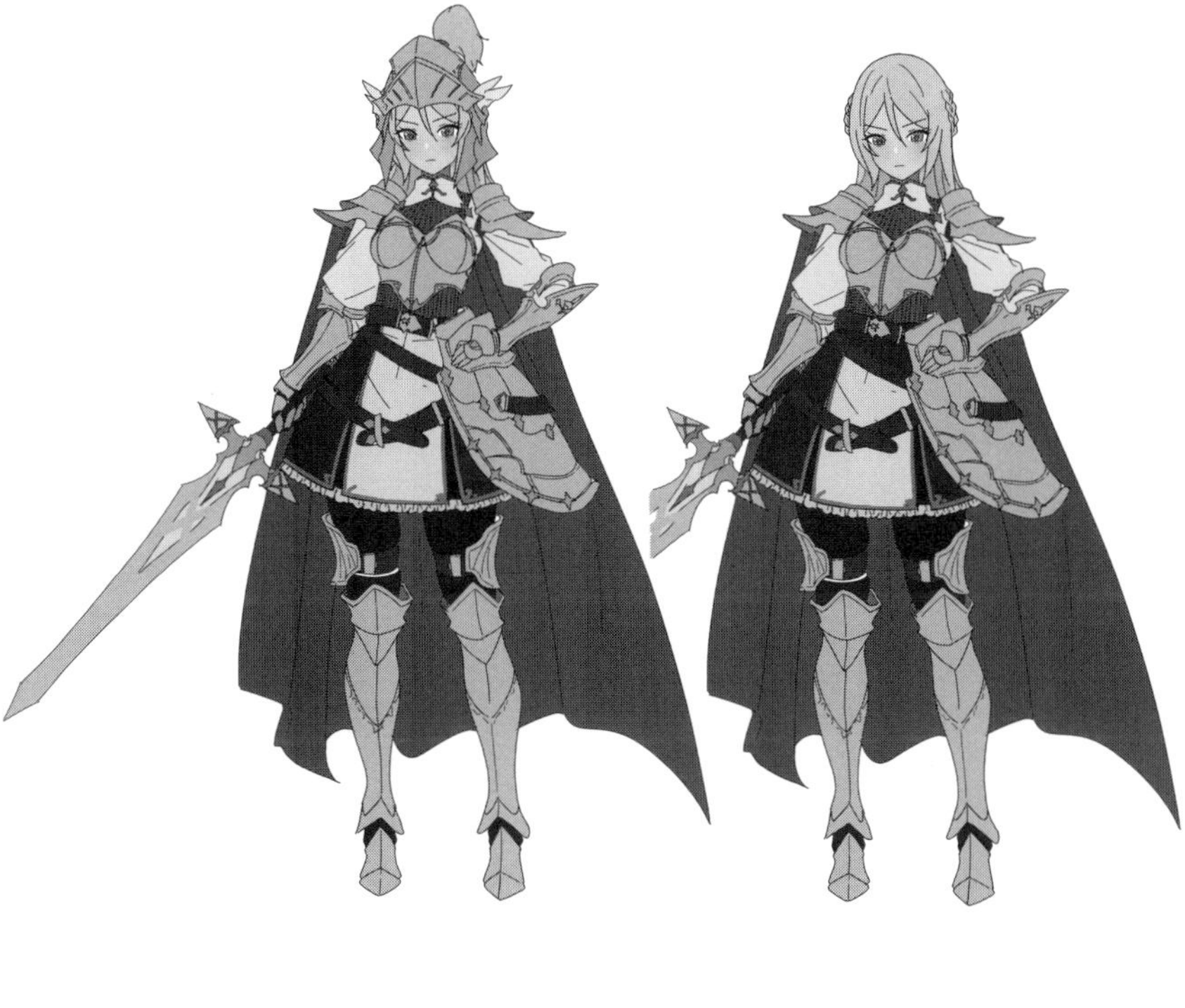

ジェシカ

デジー

ルイージ卿

スー

フー

ムゲンライトノベルスをお買い上げいただきありがとうございます。
作品へのご意見・ご感想は右下のQRコードよりお送りくださいませ。
ファンレターにつきましては以下までお願いいたします。

〒162-0822
東京都新宿区下宮比町2-26 KDX飯田橋ビル 5階
株式会社MUGENUP ムゲンライトノベルス編集部 気付
「土橋真二郎先生」／「pupps先生」

MUGEN Light novels

その異世界ハーレムは制約つき。
～偽りの姫君と迷宮の聖杯、勇者の禁じられたスキル～

2023年9月27日　第1刷発行

著者：土橋真二郎
イラスト：pupps

発行人　伊藤勝悟
発行所　株式会社MUGENUP
〒162-0822 東京都新宿区下宮比町2-26 KDX飯田橋ビル 5階
TEL：03-6265-0808(代表)　FAX：050-3488-9054
発売所　株式会社星雲社（共同出版社・流通責任出版社）
〒112-0005 東京都文京区水道1-3-30
TEL：03-3868-3275　FAX：03-3868-6588
印刷所　株式会社シナノパブリッシングプレス

カバーデザイン◉spoon design（勅使川原克典）
編集企画◉株式会社MUGENUP
担当編集◉竹中　彰

Printed in Japan
ISBN 978-4-434-32593-9 C0093